novum
VERLAG

Sabina Sidro

Die Welt ist Mein
... Der Rest ist Dein

novum
VERLAG

*„Ich widme dieses Buch allen hoffnungslos verliebten Frauen ...
Den tatsächlichen Weltherrscherinnen!"*

*„Ein besonderer Dank meiner grossartigen Familie
Asim, Ida und Mirella Sidro
sowie
Nemanja Zubić
für seine Geduld, Inspiration
und seelische Unterstützung"*

Bibliografische Information der Deutschen Nationalbibliothek:
Die Deutsche Nationalbibliothek verzeichnet diese Publikation in der Deutschen Nationalbibliografie. Detaillierte bibliografische Daten sind im Internet über http://www.d-nb.de abrufbar.
ISBN 978-3-85022-492-5

Lektorat: Sabine Berger
Coverentwurf: Mirella Sidro, München
Covergestaltung: Thomas Latus, Hamburg
Foto: Florian-Betzl.de

Gedruckt in der Europäischen Union auf umweltfreundlichem, chlor- und säurefrei gebleichtem Papier.

www.novumverlag.com

München, an einem warmen Frühlingstag. Ein Blick auf die vollen Einkaufsstraßen zeigt das typische Großstadtleben. Quengelnde Kinder, gestresste Eltern, verliebte Paare, Geschäftsmänner, welche sich durch die Menschenmassen zwängen und selbstverständlich mit einer schicken Freisprechanlage im Ohr ausgestattet sind. Die Parkplatzsuche bringt einen jeden Autofahrer an den Rand des Wahnsinns, während die Politesse im Rekordtempo Strafzettel ausstellt. Aus einer Seitenstraße ertönt laute Musik, ein Nachbar beschwert sich, ohne jegliche Aussicht auf Besserung, und bei genauem Hinhören klingelt ein Wecker. Stella blickt erschrocken auf die Uhr – viel zu lange hat sie im Bett die Sonnenstrahlen auf ihrem Gesicht genossen und es trotz des extremen Geräuschpegels geschafft, kurz in ihre Traumwelt zurückzutauchen. In einer halben Stunde muss sie zur Arbeit. Fluchend rennt sie ins Bad, begleitet von der lauten Musik ihres Nachbarn, putzt ihre Zähne, schminkt sich in Rekordeile, zieht sich schnell etwas über und läuft die Treppe hinunter. Ein Nachbar spricht sie an:

„Was halten Sie denn von diesem täglichen Lärm hier?“, und deutet auf Joes Tür, aus welcher laute Musik ertönt. Stella nimmt sich in all dem Stress einen kurzen Moment und antwortet:

„Ehrlich gesagt, finde ich Ihr Gebrüll tagtäglich um einiges nerviger!“

Mit einem Grinsen lässt sie den empörten Nachbarn stehen. Im Auto sitzend muss sie sich nun den typischen Wahnsinnsverkehr antun. Nervös krallt sie sich an das Lenkrad. Ihr Blick gleitet langsam nach oben. „Lieber Gott, wenn es dich gibt, dann erhöre jetzt meine Worte und lass mich pünktlich zur Arbeit erscheinen!“ Sekunden der Stille – nichts passiert. Stella versucht, sich selbst zu beruhigen. Sie schaltet das Radio ein – eine Frauenstimme ertönt:

„Liebe, sie begegnet dir jeden Tag. Sie inspiriert dich, gibt dir Kraft und Energie, doch sie kann auch schmerzhaft sein, dir Leid zufügen und dich in einen einsamen und hilflosen Zustand versetzen. Wie auch immer sie durchlebt wird, die eine große Liebe wird dich prägen, wo auch immer dein Weg dich hinführt.“

Stella blickt aus dem Fenster – solche Weisheiten haben ihr in ihrem jetzigen leicht aggressiven Zustand gerade noch gefehlt. „Jaja – ***Liebe begegnet dir jeden Tag***“, sie redet mit dem Radio, „aber Schätzchen, das einzige Leid, das uns zugefügt wird, ist deine einschläfernde poetische Darstellung der Liebe!“

Eine halbe Stunde später kommt sie an ihrem Arbeitsplatz an. Sie blickt kurz nach oben.

„Danke, lieber Gott, aber die Ansage über die Liebe hättest du mir ersparen können.“

Völlig außer Atem betritt sie das Café. Seit nunmehr zwei Monaten arbeitet sie als Bedienung. „Gott, was für eine Schande, dass dein Ehrgeiz und deine Schönheit hinter einer Theke verschwendet werden“, hat ihre Freundin Martina ihr ständig gepredigt. „Honey, der Weg zum Erfolg ist hart, man muss erst einmal kleine Brötchen backen“, kokettiert Stella. Das Café ist schon gut besucht. Der Weg zur Bar ermöglicht ihr einen kurzen Blick zu ihren Arbeitskollegen, welche von einem ihr noch unbekannten Mann herrlich unterhalten werden. Unbeirrt bindet sie sich ihre Schürze um, da steht der Unbekannte auch schon auf und läuft direkt auf sie zu. Adam lächelt sie an.

„Soso, du bist also die Neue?“

Stella sieht in seine – das muss sie sich allerdings eingestehen – wirklich schönen Augen und antwortet in einem arroganten Ton:

„Kennen wir uns?“ „Oh, schlagfertig ist sie auch noch, das gefällt mir!“

Stella baut sich nun selbstbewusst vor ihm auf und mustert ihn von Kopf bis Fuß.

„Sie haben meine Frage nicht beantwortet."

Da steht auch schon Gloria, Stellas Arbeitskollegin, neben ihr und flüstert Stella zu:

„Ähm, vor dir steht mein Onkel, besser gesagt: dein Chef."

Mit einem Grinsen im Gesicht läuft sie zum Tisch zurück. Stella und Adam stehen sich nun gegenüber; Adam mustert sie lächelnd, während Stella nach den richtigen Worten sucht und sich schließlich für folgende Aussage entscheidet:

„Wie gesagt, Sie haben meine Frage nicht beantwortet."

Adam streckt ihr die Hand entgegen.

„Entschuldigung vielmals. Adam Brandt, Geschäftsführer dieses Cafés und schwer angetan von Ihrem Charme."

Während Stella seine Hand schüttelt und versucht, ihre Nervosität zu überspielen, wendet Adam sich seiner Nichte Gloria zu.

„Sie ist wirklich zauberhaft, Gloria! Na, dann bis bald, und sollte meine Nichte dich nicht gut behandeln, dann lass es mich wissen."

Mit einem Augenzwinkern dreht er sich um, verabschiedet sich im Gehen von der restlichen Crew und verschwindet aus der Tür. Stella steht fassungslos vor der Theke.

„Das hast du ja hervorragend hinbekommen, du blöde Kuh", murmelt sie vor sich hin. Gloria läuft an ihr vorbei. Stella schlägt ihre Hände vors Gesicht.

„Bitte, sag' mir, dass das nicht der Onkel ist, der eine Immobilienfirma hat!"

„Genau der! Aber ich glaube, er fand dich ganz sympathisch!"

Gloria kann nicht aufhören, zu grinsen. Vor zwei Monaten bot sie Stella den Job als Bedienung an, nachdem sie sich an einem Abend zufällig kennen gelernt hatten. Stella beendete gerade ihre Berufsausbildung und nach etlichen Bewerbungen hatte sie bereits die Hoffung aufgegeben, in einem Büro arbeiten zu können.

Gloria erzählte ihr, dass Adam neben seinem Café eine Bauträgerfirma gründen würde. Da diese allerdings noch im Aufbau wäre, solle sie doch erst einmal im Café jobben und wenn der richtige Zeitpunkt gekommen wäre, dann würde sie ihren Onkel schon noch auf Stellas Arbeitsqualitäten aufmerksam machen.

Stella setzt sich einen Latte macchiato auf.

„Ich kann mich doch nach diesem Auftritt unmöglich bei ihm als Immobilienkauffrau bewerben!"

Glora sieht sie fragend an: „Warum denn nicht? Du arbeitest doch schon für ihn! Vergessen? Der Laden hier gehört ihm! Also, Stella, willst du im Büro arbeiten oder nicht?"

Stella überlegt nicht lange: „Natürlich!"

Ein Gast kommt an die Theke.

„Entschuldigung, ich habe vor etwa zehn Minuten einen Kaffee bestellt und …"

Stella sieht ihn charmant an.

„Und in exakt 30 Sekunden werde ich Ihnen diesen servieren."

Sie läuft mit dem Tablett zu den restlichen Tischen. Gloria ruft ihr hinterher:

„Stella!"

Sie dreht sich um und sieht Gloria an.

„Dann frag Adam!"

Und täglich grüßt das Murmeltier. Der Wecker klingelt, Joes Musik durchbricht die Wände der Altbauwohnungen, der Nachbar brüllt und droht wie jeden Tag mit einer Anzeige und Stella rennt fluchend zu ihrem Auto. Der Verkehr macht ihr nicht viel aus; gedankenverloren sieht sie aus dem Fenster. Kurze Zeit später steht sie auch schon vor dem Café. Sie rennt rein, setzt sich an die Theke und blickt in die leeren Räume.

„Das glaube ich jetzt nicht. Keiner da und ich mache mir so einen Stress!“

Stella setzt die Barhocker ab und putzt die Theke. Dann bleibt sie für einen Moment stehen und fängt an, Adam nachzuahmen.

„Soso, du bist also die Neue? – Pfff, der ist wohl auch mit reichlich Selbstbewusstsein ausgestattet!“

Sie sieht in den Spiegel. „Nein, Stella, ***er gefällt*** dir ***nicht***!“

Ihr Selbstgespräch wird abrupt von Telefonklingeln unterbrochen.

„Café Adam, Stella am Apparat.“

Eine Männerstimme antwortet:

„Hier spricht Adam persönlich.“ *„Adam??? Der Adam??? Oh Gott, hört er etwa mein Herz klopfen? Bleib cool, Stella, ganz cool!“* Der Hörer rutscht ihr aus der Hand. Völlig zittrig nimmt sie diesen wieder und stammelt:

„Hallo …“

„Alles klar bei dir?“

„Ja …“ „Ich wollte nur fragen, ob bei euch alles o. k. ist? Wenn ihr, ich meine, wenn du, was brauchst, ruf einfach an.“ Stella hört ihm verträumt zu. *„Natürlich brauche ich was: einen Job, viel Geld und vielleicht könnten wir beide zusammen ausgehen und uns näher kennen lernen, na ja, weil ich dich eigentlich schon ganz …“*

„Hallo, Stella! Bist du noch dran?“

Adam sieht verwirrt auf sein Handy.

„Ja, klar.“

„Gut, wenn alles o. k. ist, dann bis bald.“

„Nein, leg jetzt nicht auf!“

„O. k., bis dann.“

Und in letzter Sekunde nimmt sie doch noch ihren ganzen Mut zusammen. „Äh, warte! Eventuell kannst du was für mich tun. Ich bin auf der Suche nach einem Job." Fassungslos über sich selbst redet sie weiter: „Wenn du …", Adam hört ihr interessiert zu und unterbricht sie spontan: „Wie??? Noch einen Job? Hm, klar! Komm einfach in meiner Firma vorbei! Wie wäre es nächsten Dienstag um 14.00 Uhr? Karlstraße 17! Und richte Gloria aus, sie soll sich eine neue Bedienung suchen! Bis nächste Woche!" Piep, piep, piep, er ***hat aufgelegt.*** Stella, völlig verdutzt mit dem Hörer in der Hand, kann nicht glauben, was gerade passiert ist. „Er hat mir jetzt nicht ernsthaft einen Job angeboten? Ich meine, ich habe ihm nicht ernsthaft den Vorschlag gemacht, bei ihm im Büro zu arbeiten?" Sie hält sich den Hörer an das Ohr. „Hallo, Adam, bist du noch dran?" Gloria, gerade angekommen, reißt ihr den Hörer aus der Hand. „Ah, mein Onkel. Gib mal her … Hey, Adam, hallo?" Verdutzt sieht sie Stella an. „Keiner dran! Hast du wirklich gerade mit Adam telefoniert oder brauchst du einen Tag Urlaub, um dich zu erholen?" „Blödsinn!" Stella läuft zur Theke und macht sich einen Latte macchiato, dann wendet sie sich mit einem strahlenden Gesicht zu Gloria. „Er hat mir gerade einen Job in seiner Bauträgerfirma angeboten! Ach ja, und bevor ich es vergesse: Du sollst dir bitte eine neue Bedienung suchen." Sie läuft zu Gloria und umarmt sie. „Danke für alles!" Sie brüllt vor Freude.

Bürogebäude Karlstraße 17, 13.00 Uhr. Stella läuft die Straße entlang. Ihr Herzklopfen übertönt sogar die lauten Straßengeräusche. Nur noch wenige Minuten trennen sie von ihrem neuen Arbeitsplatz. Endlich ein Bürojob! *„Vielleicht habe ich ja auch noch Aufstiegschancen, wer weiß. Ich muss mich nur gut anstellen. Wie viele Leute wohl schon für ihn arbeiten …?"* Ihr Gedankengang wird unterbrochen – sie ist am Ziel angekommen. Vor ihr steht ein wunderschönes Jugendstilgebäude; der Eingang ist herrschaftlich und an den historischen Türklingeln entdeckt sie die Beschriftung „Brandt Bauträgergesellschaft". Nervös klingelt sie. Die Tür öffnet sich. Der Architekt Mario steht am Eingang.

Stella sieht ihn lächelnd und etwas schüchtern an. „Guten Tag, ich bin Stella Vernaci. Ich habe einen Termin um 14.00 Uhr bei Adam Brandt."

„Hm, dann treten Sie mal ein. Adam ist unterwegs, aber ich rufe ihn schnell an und sage ihm, dass Sie da sind. Sie können im hinteren Zimmer Platz nehmen."

Stella läuft durch die wunderschönen Büroräume, wie immer in Gedanken. *„Wow, ist das schön hier! Aber warum zum Teufel stehen hier noch keine Möbelstücke?"* Irritiert nimmt sie Platz. Während sie begeistert den Stuck an den Decken betrachtet, hört sie von Weitem Adams Stimme. In seiner selbstbewussten Art betritt er das Zimmer.

Strahlend läuft er auf sie zu.

„Hi, ich hoffe, ich hab dich nicht lange warten lassen!"

Stella erhebt sich nervös vom Stuhl.

„Nein, überhaupt nicht."

„Komm mit."

Adam läuft in ein anderes Zimmer, Stella tapst nervös mit ihren Bewerbungsunterlagen unter dem Arm hinterher. Sie betreten sein Büro, welches durch einen herrschaftlichen Tisch auf sich aufmerksam macht. „Hattest du schon Zeit, dich mit deinem neuen Arbeitsplatz vertraut zu machen? Wie du siehst, bin ich nicht einmal zu der Einrichtung gekommen. Ich dachte mir, das könntest du vielleicht besser."

Er grinst sie an. Stella kann seinem Tempo nicht ganz folgen. *„Wovon zum Teufel redet er da? Lach einfach und lass dir deine*

Nervosität nicht anmerken!“ Adam holt tausend Euro aus seiner Tasche.

„Ich hoffe, das reicht erst einmal für … hm … wie nennt ihr Sekretärinnen das? Ach ja, Büromaterial! Muss jetzt wieder weg. Du kannst mich jederzeit anrufen, ansonsten kannst du dich an Mario wenden, den Architekten. Hast du ja bereits kennen gelernt, oder?“

Bevor Stella antworten kann, verschwindet Adam um die Ecke. ***„Der spinnt!“*** Plötzlich kommt Adam wieder.

„Gott, hab ich ja ganz vergessen!“

Er reicht ihr einen Schlüssel.

„Hier ein Büroschlüssel, brauchst du doch, oder?“ Stella sitzt fassungslos und gleichzeitig fasziniert auf ihrem Stuhl. Mario schaut zur Tür herein.

„Na, das war ja ein langes Bewerbungsgespräch! Dann darf ich dich wohl herzlich willkommen heißen. Ich bin Mario Lang. Hoffe, du hast nichts dagegen, wenn wir uns duzen?“

Verwirrt sieht Stella zu ihm.

„Nein, natürlich nicht. Stella, freut mich …“

Sie reicht ihm die Hand.

„Ähm, darf ich dich was fragen? Er hat mir gerade …“

Sie deutet auf das Geld, welches sie in der Hand hält.

„Lass dich davon nicht beirren. Adam hat keinen Bezug zu Geld. Aber ihr Frauen wisst ja verantwortungsbewusst damit umzugehen. Kauf einfach ein, was du für wichtig hältst. Ich muss dann mal an die Arbeit!“

Er verlässt den Raum.

„Das ist doch ein Scherz, oder?“

Stella lacht vor sich hin, dann wendet sie ihren Blick nach oben.

„Es gibt dich wohl wirklich. Danke, lieber Gott!“

Martina diskutiert mit einem Kunden am Telefon. Wütend knallt sie den Telefonhörer hin.

„So ein Arsch!“

Sie zündet sich eine Zigarette an. Erneut klingelt das Telefon.

„Auer GmbH, Martina Selen, guten Tag!“

Stella läuft hektisch durch die Einkaufsstraße. „Meine liebste Freundin, du wirst nicht glauben, was ich gerade mache!“

Martina sieht verärgert ihren Kollegen an, welcher ihr zu diesem Zeitpunkt einen Stapel Rechnungen zur Bearbeitung auf den Tisch legt.

„Was auch immer du gerade machst, verschone mich mit deiner guten Laune!“

„Ich kaufe Büromaterial ein, für tausend Euro.“

„Du kaufst was?!“

„Ich habe endlich einen Job in einem Büro – und zwar bei Adam, du weißt doch, der, dem das Café gehört. Na ja, und heute sollte ich mich eigentlich vorstellen und glaube mir, so ein Vorstellungsgespräch hat die Welt noch nicht gesehen. Er bat mich in sein Zimmer, drückte mir tausend Euro in die Hand und meinte, ich soll davon erst einmal Büromaterial kaufen.“

Stella lacht. Martina sieht fassungslos in ihren Hörer.

„Du spinnst doch! Ist dir klar, was du gerade für einen Blödsinn erzählst?“

Stella grinst in den Hörer: „Magst du dich dazugesellen?“

Martina sieht auf den Stapel Rechnungen.

„Entschuldige, bitte! Aber die Krise, welche du auch immer gerade durchmachst, musst du ohne mich bewältigen. Ruf doch Graziano an, der kauft dir die Story bestimmt ab!“

Graziano fährt bei seinem Lieblingskunden, dem „Il Tartufo“, vor. Obwohl sein Geschäft, die Belieferung von exklusiven Restaurants mit italienischer Feinkost, hervorragend läuft, lässt es sich der Chef nicht nehmen, seine besten Kunden persönlich zu beliefern.

„Ciao, Antonio!“

Graziano betritt das Restaurant. Antonio schenkt schon einen Ramazotti ein.

„Na, mein Freund, was hast du mir heute gebracht?” „Wie versprochen.“

Er holt italienischen Kaffee aus dem Karton.

„Extra aus Mailand geliefert!“

„Auf dich ist Verlass, ein wahrer Freund eben!“ Grazianos Handy klingelt.

„Ciao, Bella! Was kann ich für dich tun?“

Stella läuft immer noch die Kaufingerstraße entlang.

„Mir beim Shoppen helfen!“

Shoppen, das Schlagwort für Graziano! „Da bist du bei mir genau richtig, was darf es denn sein?“

„Büromaterial – und frag jetzt nicht! Ich habe kein Auto dabei und muss etwas mehr einkaufen.“

Graziano nimmt einen Schluck Ramazotti.

„Bin gleich bei dir. Treffpunkt wie immer?“

„Danke dir, Bacio!“

„Stress?“

„Eine liebe Freundin. Ich glaube, sie ist etwas verwirrt! Wie auch immer, bis bald, Maestro!“

Er verlässt das Restaurant und fährt mit Vollgas Richtung Stachus.

Stellas Euphorie war für Graziano zwar etwas erschreckend, aber seine Vermutung, dass seine Freundin etwas übertreiben könnte, legte sich schnell, als sie das gesamte Büromaterial in das leere Büro fuhren.

„Wahnsinnsbüro – und wo ist dein Zimmer?“

„Keine Ahnung, wahrscheinlich darf ich mir das selbst aussuchen!“

„Baby, ich muss jetzt los! Halt mich auf dem Laufenden, das scheint ja echt ein cooler Job zu sein."

Stella, erleichtert und immer noch euphorisch:

„Danke dir, ich rufe dich an."

Die kommenden Tage erweisen sich für Stella als ein wahr gewordener Traum. Ob es um die Positionierung der bestellten Möbel geht oder die Liebe zum Detail – Bilder aufhängen, Pflanzen kaufen –, sie hat sämtliche Freiheiten, das Büro einzurichten.

„Du scheinst echt ein gutes Händchen für Details zu haben."

Adam, lässig angelehnt am Türrahmen, beobachtet beeindruckt das Geschehen, während Stella den Handwerker anweist, antike Möbel im Besprechungszimmer zu positionieren. Stella lächelt Adam an und statt wie immer kokett zu antworten, lässt sie dieses Kompliment sanft auf sich wirken. Seit einer Woche kümmert sie sich um die Einrichtung, und die Anwesenheit von Adam lässt sie immer nervöser wirken. Ist sie etwa verliebt?

Im perfekt eingerichteten Büro sitzt Stella zufrieden an ihrem Schreibtisch und sieht verträumt den Blumenstrauß in der Empfangshalle an. Jeden Tag lässt Adam einen solchen liefern. „Das Detail ist wichtig", sagt er zu Stella. „Wenn ich es mal nicht schaffen sollte, dann denk du bitte daran!" Auf dem Display erscheint „interner Anruf". Stella hebt den Hörer ab.

„Ja?"

„Kommst du mal schnell?"

Stella läuft in Adams Zimmer. Am Boden sitzend baut er ein Regal zusammen.

„Kannst du mir mal den Schraubenzieher reichen, Engel?"

„Klar, welcher darf es denn sein?"

Er zieht eine Grimasse und bringt Stella wie immer zum Lachen.

„Kreuz."

Im Hintergrund hören sie die Stimmen von Kaufinteressenten und dem Architekten. Kurz lauschen sie dem Gespräch und Adam schüttelt den Kopf.

„Unfassbar, was diese Leute für Leiden haben!"

Er ahmt die Kundin nach:

„Ich bestehe auf diese Fliesen, sonst muss ich wieder die gesamten Badmöbel zurückgeben, da sie farblich nicht passen!"

Stella lacht laut und für einen kurzen Moment wird es still, dann redet die Kundin weiter auf Mario ein.

„Die sollte sich lieber um ihr Spiegelbild Sorgen machen, statt um ihre Fliesen!"

Stella versucht, ihr Lachen zu unterdrücken, doch vergebens. Beide lachen, bis die Kunden irritiert an ihrem Büro vorbeilaufen.

Adam versucht, sich zusammenzureißen.

„Auf Wiedersehen, Frau Mayer! Kommen Sie uns bald wieder besuchen!"

Frau Mayer sieht ihn ernst an.

„Herr Lang kennt meine Wünsche. Da gibt es noch einiges zu klären, bis Sie meine Schlusszahlung für die Wohnung erhalten."

Adam lässt seinen ganzen Charme spielen.

„Frau Mayer, mein Unternehmen arbeitet nach dem Prinzip ‚der Kunde ist König'. Bitte lassen Sie es mich wissen, wenn dies nicht der Fall sein sollte!"

„Dann haben wir uns ja verstanden, Herr Brandt!"

Sie reicht ihm die Hand.

„Schönen Tag noch!"

Adam öffnet ihr charmant die Tür.

„Sie sind jederzeit willkommen!"

Die Tür wieder geschlossen, grinst ihn Stella an.

„An dir ist echt ein Schauspieler verlorengegangen."

Die beiden bauen in Windeseile das Regal zusammen. Adam steht stolz davor und bewundert sein Werk.

„So, fertig! Na dann, auf zum nächsten Akt – ich meine natürlich zu einem weiteren, spannenden Kundengespräch. Ich freue mich schon auf die nächste …", er beugt sich zu Stella und spricht mit piepsiger Stimme:

„… ‚aber wenn Sie mir diese Fliesen nicht zusichern, dann sehe ich mich gezwungen, von dem Kaufvertrag zurückzutreten'-Kundin."

Mario betritt das Zimmer.

„Mach du dich nur lustig, ich musste mir das Gejammer gerade alleine antun."

Adam zieht sein Sakko an.

„Das packst du schon, mein Freund. Erfüll ihr die Wünsche, aber denk daran: Zusatzkosten sind nicht drin!"

„Genau da liegt ja das Problem!"

„Keine Zeit, ich muss los!"

Adam verlässt das Büro.

Genervt sieht Mario zu Stella. Diese lächelt, zuckt mit den Schultern und läuft in ihr Zimmer.

Das Telefon klingelt pausenlos. Empfangsdame spielen, mit dem Steuerberater telefonieren, Akten sortieren, Rechnungen prüfen, Geschäftsbriefe schreiben – Stella geht in ihrer Rolle regelrecht auf.

„Ich habe die Wohnungen Nr. 4 und Nr. 5 verkauft."

Adam reicht ihr lässig die einzelnen Reservierungsbestätigungen der Kaufinteressenten.

„Brauche einen Notartermin und die Kaufvertragsentwürfe."

Er sieht auf die Uhr.

„Und ich bin schon wieder weg, sehen uns später."

Mario streckt seinen Kopf durch den Türspalt. „Übrigens, Adam, meine Honorarabrechnung ist bereits überfällig!"

Mit einem fragenden Blick wartet er auf Adams Antwort. Dieser zuckt mit den Schultern und sagt: „Keine Ahnung, frage die Chefin!"

Grinsend führt sein Blick zu Stella. Mario sieht die beiden verwundert an.

„Gibt es mittlerweile einen Thronwechsel?"

Sein Blick wandert von Stella zu Adam und ihr jeweiliges Grinsen bestätigt ihm, dass es wohl heute keinen Sinn mehr macht, über seine Honorarabrechnung zu diskutieren.

„Wie auch immer, erledigt das!"

Und schon verschwindet sein Kopf aus dem Türspalt. Stellas Perfektionismus greift nun durch; mit eindringlicher Stimme erinnert sie Adam:

„Ich habe dir die Rechnung vor zwei Wochen auf deinen Tisch gelegt!"

Doch in Adams Gesichtsausdruck ist keinerlei Spur von Ernsthaftigkeit zu sehen.

„Da liegt einiges auf meinem Tisch … bis später."

Die Tür hinter ihm geschlossen, bleibt Stella einen Moment nachdenklich.

„Brandt Bauträgergesellschaft, Stella Vernaci, guten Tag."

Martina sitzt entspannt an ihrem Schreibtisch – schließlich hat sie seit zwei Wochen eine Praktikantin und die Vorzüge von solch einer billigen Arbeitskraft kostet Martina in vollsten Zügen aus. Sie zieht noch einmal kräftig an ihrer Zigarette und antwortet hänselnd:

„Meine Güte, das hört sich aber wichtig an!"

Stella freut sich über den Anruf ihrer Freundin.

„Hey, was gibt's?"

„Nichts, wollte dir nur sagen, dass ich noch lebe, es mir gut geht, ich ein befriedigtes Sexualleben habe ...

Und wie läuft es mit deinem Adonis?"

Stellas Blick ist auf ein Post-it gerichtet: *„Du bist echt Gold wert für dieses Unternehmen",* sie grinst über beide Ohren.

„Bestens!"

„Ich hoffe, er bezahlt dir deine Überstunden, du wohnst ja schon fast in der Firma."

„Und jede einzelne Sekunde wird vollends entlohnt ...

Hast du deine Tage bekommen?"

Martina sieht wütend den Hörer an.

„Und du willst mir damit ***was genau*** sagen?"

Stella lächelt.

„Hm ..."

Sie liebt es, Martina auf die Palme zu bringen. Anklopfen: Anruf Adam. „Du, ich muss aufhören, ich lieb' dich!"

Die Praktikantin steht vor Martina und präsentiert ihr stolz die sortierten Rechnungen.

„Was kann ich jetzt tun?"

Martina sieht sie an.

„Sag mal, wirkt es für dich so, als ob ich meine Tage hätte?"

Das Mädchen sieht sie verwirrt an, Martina seufzt. „Geh eine rauchen."

Die Praktikantin sieht sie an.

„Aber ich rauche nicht ..."

„Dann trink einen Kaba."

Eva läuft verwirrt aus dem Büro.

„Hallo Adam." Ein lautes Motorgeräusch lässt Stella kaum ein Wort verstehen. „Komm mal kurz raus und nimm Mario mit – muss euch etwas zeigen."

Stella läuft an Marios Zimmer vorbei.

„Komm mal mit, Adam wartet draußen auf uns."

Stella öffnet die schwere Eingangstür und erblickt einen Geschäftsmann mit dessen Lieblingsspielzeug. „Das war ja klar", murmelnd verzieht Mario das Gesicht. Adam strahlt wie ein Junge, welcher unter dem Weihnachtsbaum alle „Harry Potter"-Bände findet, inklusive einem Exklusiv-Treffen mit dessen Lieblingszauberlehrling. Der Auspuff an seinem neuen Porsche dominiert eindeutig und München hat einen neuen stolzen Autobesitzer.

„Na, Leute, was sagt ihr?"

Mario mustert das Auto, während Stella aus dem Staunen nicht mehr herauskommt.

„Können wir ***‚uns'*** das leisten?"

Adam blickt lächelnd zu Mario und läuft auf beide zu.

„Natürlich, dank eurer eifrigen Mitarbeit!"

Er nimmt Stella bei der Hand.

„Wie wäre es mit einer Spritztour?"

Stellas Begeisterung wächst.

„Ja!"

„Dann fahre ich mal mit meinem Golf auf deine Millionen-Baustelle!"

Zickig wendet sich Mario vom Schauplatz der Glücklichen ab.

Das Gaspedal nur leicht berührt, und die Autofahrer können den vorbeiflitzenden Sportwagen kaum erkennen. Alle Straßen werden erst einmal mit den neuen Reifen eingeweiht und der Auspuff hinterlässt ein Echo als Zeichen von Luxus und Macht. Stella genießt die neidvollen Blicke, während Adam selbstbewusst durch die Maximilianstraße fährt. „Irgendwann kaufe ich dich." Sein Grinsen kann er kaum bändigen. Schließlich bleiben sie bei einer Metzgerei stehen.

Stella sieht ihn verwundert an.

„Was machst du?“

„Wir fahren noch zur Baustelle, ich hol’ Brotzeit für die Jungs.“

Er grinst Stella an.

„Vergiss nie, wem du deinen Erfolg zu verdanken hast!“

Aus dem Fenster beobachtet sie, wie er die Menschen zum Lachen bringt. Er hält einer Frau die Tür auf, hebt einer älteren Dame ihre heruntergefallene Geldbörse auf und zu guter Letzt flirtet er so charmant mit der Metzgerei-Verkäuferin, dass ihre Bäckchen Rotkäppchen glatt Konkurrenz machen könnten. „Rrr, rrr.“ Stella sucht verzweifelt ihr Handy in der Tasche.

„Hallo?“

In einer versuchten, ruhigen Art ertönt Martinas Stimme.

„Sag mal, geht’s noch? Zuerst würgst du mich ab und jetzt gehst du gar nicht mehr ans Telefon!“

„Ich bin nicht im Büro. Bin mit Adam unterwegs. Machen gerade eine kleine Spritztour mit seinem neuen Porsche.“

Martinas Mühe, entspannt zu wirken, scheitert kläglich.

„Oh Gott, das war mir schon klar, dass dieser Typ eine Schwanzverlängerung benötigt!“

Stella beißt sich auf die Lippen: *„Also, langsam nervt sie mich mit ihrer Laune.“*

„Dieser Typ arbeitet hart für seine Schwanzverlängerung, so charmant, wie du es ausdrückst!“

„Und wie belohnt er deine Mithilfe?“

Stella sieht zu Adam, welcher gerade genüsslich in eine Semmel beißt und zu seinem Gekauften noch alle Überraschungseier, welche im Laden auffindbar sind, einpacken lässt. Stella grinst.

„Mit Dank, Aufmerksamkeit und Respekt."

Völlig verträumt sieht sie Adam zum Auto laufen.

„Du, ich muss aufhören …"

Adam steigt ein.

„Was sollen die Überraschungseier?"

„Na ja, der Kindergarten gegenüber unserer Baustelle muss doch den ganzen Tag den Lärm ertragen, so sind wenigstens die Kinder abgelenkt."

Stella sieht ihn fasziniert an.

„Auf das Detail muss man achten, ich weiß …"

Martinas Aggressionspotenzial ist nun auf dem Höhepunkt angelangt. Verärgert ruft sie in den Hörer:

„Hallo, Stella, ich werde dich so schnell nicht mehr anrufen! Richte deinem Adonis aus …"

„Piep, piep", Stella hat das Gespräch längst beendet. Wütend legt Martina auf. Ihre Arbeitskollegin sieht sie mit einem Lächeln an.

„Die Liebe ist ein seltsames Spiel …"

„Weißt du, Ines, was mich besonders nervt, ist, dass ich dann hinhalten muss, wenn er ihr das Herz gebrochen hat!"

„Woher willst du das wissen? Vielleicht liebt er sie auch!"
„Er ist ihr Chef! Sie arbeitet Tag und Nacht für ihn und er sonnt sich in ihrer Liebe. Verstehst du?"

Verträumt blickt Ines in die Ferne.

„Waren wir nicht alle mal in unseren Chef verliebt?" Dann sieht sie Martina an und nimmt ihren ernsten Gesichtsausdruck wahr.

„Außer du, natürlich … Warum regst du dich so auf? Schließlich hat sie dich als beste Freundin, da kann ihr Herz noch so gebrochen sein, du wirst es wieder richten."

Das erste Mal an diesem Tag fühlt sich Martina bestätigt „Versteh mich nicht falsch, ich gönne ihr diese Schwärmereien, aber diesem Typen traue ich nicht. Ich meine, er stellt sie ein, ohne ihre Bewerbungsunterlagen zu sehen, überlässt ihr sämtliche Freiheiten in der Firma und nennt sie Engel! Also, entweder ist er wahnsinnig genial oder irrsinnig dumm!“

Ines seufzt.

„Ich hätte nichts dagegen, wenn mein Chef statt ‚Frau Berger, der Kaffee schmeckt heute widerlich‘ ganz charmant ‚Engel, dein Kaffee war ein göttliches Geschenk heute Früh‘ sagen würde! Und soweit ich mich an Stella erinnern kann, ist diese alles andere als auf den Mund gefallen!“

„Aber bekannterweise schaltet sich bei der ***Liebe*** das Gehirn komplett aus!“

Martina sieht auf dem Parkplatz den Wagen ihres Vorgesetzten vorfahren. Mit einem Grinsen wendet sie sich ihrer Arbeitskollegin Ines zu.

„Tja, Engel, dann setz’ mal frischen Kaffee auf und ich hoffe schwer für dich, dass er göttlich schmeckt, denn seinem Gesichtsausdruck nach zu urteilen, können wir uns gleich auf eine unglaublich freundliche Begrüßung freuen!“

Ines grinst.

Hm, riecht das gut! Glühwein, Plätzchen, Weihnachtsstollen – diese Duftkombination sollte es endlich als Parfüm geben, das wäre definitiv ein Erfolgsduft! Wer weiß, vielleicht kommt Adam noch auf die Idee. In den letzten zwei Monaten hat er ein Objekt in Rekordeile fertiggestellt und sein neues Schmuckstück innerhalb von zwei Wochen bis auf die letzte Wohneinheit verkauft. Da bahnt sich wohl eine Erfolgsgeschichte an, denn das Interesse an Geschäftsbeteiligungen steigt und Adam befindet sich nun in der hervorragenden Lage, auf diverse Investoren zugreifen zu können, welche ihm blind Finanzierungen anbieten. Zur Freude der Münchner scheint es dieses Jahr ein weißes Weihnachten zu geben. Adam unterhält sich angeregt mit einigen Geschäftsleuten am Glühweinstand. Graziano verteilt seine Präsente an die Kunden. Martina bäckt mit ihrer Mutter Plätzchen und genießt ihren wohlverdienten Urlaub und Stella, tja, wo steckt Stella? Sie schmückt den Weihnachtsbaum, welchen Adam ins Büro hat liefern lassen.

„Wow, sieht ja toll aus!"

Stella dreht sich zu ihm.

„Dir ist doch klar, dass ich diese Leistung extra in Rechnung stelle?"

Sie zieht eine Augenbraue nach oben.

„Puh, so viel Geld habe ich nicht. Können Sie mir einen Kredit gewähren, Frau Vernaci?"

Stella sieht, dass er hinter seinem Rücken etwas versteckt.

„Komm mal her!"

Er bittet sie in sein Zimmer. Stella steht vor seinem Tisch. Aufgeregt hält er ihr ein Geschenk hin. Stellas Augen vergrößern sich.

„Ein Geschenk?"

„Los, mach auf!"

„Der ist ja ganz aufgeregt, wie süß … Ich aber auch! Er hat mir was zu Weihnachten geschenkt und ich habe nichts für ihn! Ich muss dringend in die Stadt!", denkt Stella.

Adam strahlt.

„Fröhliche Weihnachten!"

Stella holt noch einmal tief Luft und reißt das Geschenkpapier auf. Sie hält einen großen Gucci-Schmuckkasten in der Hand. Zittrig öffnet sie ihn und eine wertvolle Gucci-Uhr strahlt sie an! Sie hat keine Zeit, den Moment voll auszukosten, da hört sie schon Adams Stimme:

„Los, zieh sie an! Ach ja, zu deiner Uhr brauchst du natürlich noch die passenden Klamotten."

Er reicht ihr einen Gutschein im Wert von 1500 Euro. *„Das ist ein Traum, ein wahr gewordener Traum! Ich meine, eine Gucci-Uhr und Geld fürs Shoppen! Ich bin selber kein Paris Hilton-Fan, aber ich muss sagen, es fühlt sich super an! Jetzt sag doch was zu ihm! Wie wäre es mit* **danke,** *so, wie es dir deine Mutter immer beigebracht hat?"* Sie springt Adam völlig übermütig um den Hals.

„Danke, das ist das aufregendste Geschenk, das ich jemals bekommen habe!"

„Das ist nur eine Kleinigkeit!"

Sie haben eine neue Mitteilung, Graziano.

„Ciao Bella, wie jedes Jahr treffen wir uns am Stachus und verteilen Präsente an die Obdachlosen – bist du wieder dabei? Fröhliche Weihnachten, Bacio!"

Sie haben eine neue Mitteilung, Stella.

„Hallo Bruderherz, kann leider nicht, muss arbeiten!"

Graziano betritt das Büro von Martina.

„Ladys, wart ihr auch brav?"

Martina blickt zu ihrem guten Freund.

„Ein Engel, welch eine Erleuchtung!"

Ines sieht ihn traurig an.

„Warum sind die besten Männer immer schwul?"

„Du erkennst den wahren Luxus nicht, Schätzchen. Graziano ist Freund und Freundin in einer Person!" Graziano grinst und verteilt seine Geschenke im Großraumbüro, dann setzt er sich zu Martina.

„Sag mal, hast du in letzter Zeit mit Stella telefoniert?"

„Oh ja, erinnere mich nicht daran! Was soll ich sagen, Grazi? Sie arbeitet wie ein Tier, ja, und ich bin mir sicher, dass dieser Arsch ihren Fleiß voll und ganz auskostet!"

Graziano ist über Martinas direkte Ansage etwas erstaunt.

„Na ja, ich kann nichts über ihn sagen, ich kenne ihn nicht, aber er hat sich in Kürze einen Namen gemacht in der Immobranche! Unsere Kleine wird schon wissen, was sie tut!“

Er strahlt Martina an.

„Wir sehen uns zum Brunch morgen?“

„Nichts auf der Welt kann mich davon abhalten! Ist Stella auch dabei?“

Graziano steht auf und läuft zur Tür.

„Nein, leider nicht. Sie muss arbeiten …“

Stella sitzt im Büro, sieht verliebt ihre Gucci-Uhr an und wie immer ist Martinas Timing perfekt.

„Brandt Bauträgergesellschaft, Stella Vernaci, guten Tag.“

„Hier spricht Martina, deine Freundin, weißt du noch?“

„Spinn nicht rum! Rate mal, was ich von Adam zu Weihnachten bekommen habe?“

„Keine Ahnung, hat er dich endlich bei der Hand genommen und dich der Öffentlichkeit als die Frau an seiner Seite vorgestellt?“

Stella überhört diese Aussage.

„Eine Gucci-Uhr!“

„Wow, dafür, dass er dir ein Auto schenken wollte, ist er ja ziemlich billig davongekommen!“

Stella wird kurz aus ihrer Bewunderung herausgerissen.

„Was bist du denn so giftig?“

„Ich halte nicht viel von ihm. Wann können wir mal wieder Kaffe trinken?“

„Martina, du weißt doch, wie es mit meiner Zeit aussieht. Du kannst allerdings jederzeit hierherkommen.“

Tief durchatmen, Martina! Tiiief durchatmen!

„Ich gebe auf. Ruf mich an, wenn du wieder spektakuläre Geschenke von Adam bekommst!“

„O. k., bis dann!“

Seelenruhig, fast schon in einem schwebeartigen Zustand, legt Stella den Hörer auf. Ihr Grinsen, beinahe schon ein Dauerzustand, lässt erahnen, dass sie diesem Gespräch keine großartige Bedeutung schenkte. Was interessiert sie das Gerede von anderen?

Sie ist glücklich, denn sie ist ein junges Mädchen am Anfang ihrer Karriere, welches das große Glück hat, in einer aufstrebenden Firma zu arbeiten, sämtliche Freiheiten und einen großzügigen Chef zu genießen, welcher auch noch an sie glaubt, und außerdem wird sie jetzt gleich in die Stadt gehen und shoppen – ***„Shoppen!*** Das habe ich ja ganz vergessen, ich muss dringend Adam etwas zu Weihnachten kaufen!" Und schon hört sie Adams Schritte den Flur entlanglaufen.

„Warum bist du nicht beim Shoppen, das Geld muss schließlich ausgegeben werden!"

„Aber …"

„Nichts aber! Also, pack deinen Gutschein ein und geh shoppen!"

Stella zieht ihre Jacke an.

„Ihr Wunsch ist mir Befehl!"

Kaum will sie das Büro verlassen, hört sie Adams Stimme.

„Stella?"

„Oh, ich liebe es, wenn er meinen Namen ausspricht …" Sie dreht sich um.

„Ja?"

„Dir ist doch klar, dass du heute Abend auf der Weihnachtsfeier die Schönste sein musst?"

Dann mustert er sie.

„Eigentlich war dieser Kommentar gerade ziemlich überflüssig!"

Stella grinst ihn an.

„Weil du es bist, verzeihe ich dir!"

Bei 1500,00 Euro – wie viele Einkaufstüten kommen wohl zusammen? Vier für Stella, fünf für Adam und eine gemeinsam für Martina und Graziano. War der Gutschein nicht für sie alleine gedacht? Stella steht vor ihren Einkaufstüten. „Verschenken macht einfach viel mehr Freude, als sich selbst zu beschenken. Ob ihm die Krawatte wohl gefallen wird? Und das dazugehörige Hemd? Dann noch die Hemdknöpfe von Joop, der Geldhalter von Calvin Klein, das Parfüm und zu guter Letzt der Mont Blanc-Stift?" Die H&M-Tüte für Martina und Graziano legt sie erst einmal in den Schrank, dann springt sie unter die Dusche.

Stella steht vor ihrem Schlafzimmerspiegel. Natürlich hält sie sich an die klassische Frauenregel: „Komme nach ihm ins Lokal, damit er deinen glanzvollen Auftritt in voller Länge erleben kann." Sie steht vor ihrem Spiegel und redet laut mit sich selbst:

„O. k., ***Engel,*** ich denke, so könntest du ihm gefallen … Also, du wirst den Raum betreten und natürlich so tun, als ob du ihn nicht bemerkst." Sie sieht sich an. „Sieht mein Arsch eigentlich fett aus?" Sie dreht und wendet sich.

„Meine linke Seite ist vorteilhafter. Also, immer schön links halten!"

Sie sieht auf ihre Gucci-Uhr.

„Oh Gott, jetzt übertreibe es aber nicht mit deinem ***Zuspätkommen***!"

Das „Il Tartufo" besticht durch eine geschmackvolle Lichtdekoration. Nur noch wenige Minuten trennen Stella von ihrem großen Auftritt. Sie betritt das Lokal, läuft zum reservierten Tisch und wer ist nicht da? Adam! Dabei hätte sie sich diesen Moment so sehr gewünscht – dass er sie von Weitem entdeckt in ihrem perfekten Styling, wie sie mit Coolness und sich natürlich immer schön links haltend auf den Tisch zuläuft, jeden Einzelnen herzlich begrüßt und ihn erst zum Schluss mit einem Augenzwinkern beglückt. „Mist, verdammter", enttäuscht zieht sie ihren Mantel aus. In dieser Minute flüstert ihr jemand von hinten ins Ohr:

„Du siehst bezaubernd aus!"

Für einen kurzen Moment blickt sie in das Leuchten seiner Augen, dann läuft Adam weiter zum Tisch. Mit rasendem Herzklopfen nimmt Stella neben ihm Platz. *„Sind es denn mittlerweile schon so viele Leute, mit welchen ich tagtäglich zusammenarbeite?"* Stella sieht sich das Team der Brandt Bauträgergesellschaft etwas genauer an. „Da sind die selbstständigen Finanzberater, sechs Makler – obwohl wir uns die eigentlich sparen könnten, schließlich verkauft keiner von ihnen so gut wie Adam selbst –, der unverzichtbare Banker, die Hausverwaltung und sechs hauseigene Handwerker." Samuel gesellt sich als Letzter dazu – ein wirklich attraktiver Kerl und selbst ziemlich erfolgreich, soweit Stella mitbekommen hat, im Import/Export tätig. Stella begrüßt ihn herzlich; es schadet nie, sich mit dem besten Freund dessen, in den man verliebt ist, gut zu stellen. Samuel nimmt Platz und zwei seiner weiblichen Begleitungen ebenfalls.

Es folgt eine angeregte Unterhaltung am gesamten Tisch. Die Atmosphäre ist super. Natürlich lässt es sich Adam nicht nehmen, sein Glück mit einer kleinen Ansprache zu unterstreichen:

„Liebe Freunde, liebe Geschäftspartner, liebe Stella! Was soll ich sagen? Vor knapp einem Jahr war mein größter Erfolg der Besitz eines kleinen Cafés und heute sitze ich mit Kaufleuten, Architekten und Bankern an einem Tisch – und zwar als Gastgeber!"

Da muss selbst der etwas verklemmte Banker lachen. „Lange Rede, kurzer Sinn – nennt mich einen Schwätzer oder auch Angeber. Ich bin ausschließlich jemand mit einem

Traum und ehrgeizig und wahnsinnig genug, einen Versuch zu starten, diesen Traum zu verwirklichen, und ich habe die besten Leute um mich herum, um mich dem näherzubringen. Danke, dass ihr alle da seid!"

„Und du wirst es tun! Du wirst definitiv deinen Traum verwirklichen!" Fasziniert blickt Stella zu ihm, dann versinkt sie völlig in Gedanken. *„Was ist eigentlich mein Traum?"*

„Stella?"

Adam sieht sie mit großen Augen an und hält ihr sein Weinglas zum Anstoßen hin! Stella stößt mit ihm an. *„Hm, mein Traum ist definitiv wahr geworden!"* Sie spürt ein Kribbeln im Bauch.

Stunden später.

Samuel ist in Aufbruchsstimmung.

„Bruderherz, ich ziehe dann mal weiter. Kommst du nach oder kommst du gleich mit?"

Er zwinkert zu seiner attraktiven Begleitung und deren Freundin. Adam ist etwas abwesend.

„Amüsier du dich heute mal alleine."

Sein Blick wandert zu Stella.

„Ich habe schon was vor."

Samuel wird für einen kurzen Moment ernst.

„Don't fuck the business!"

Adam sieht seinen Freund beruhigend an.

„Ich weiß schon, was ich tue!"

„Das hoffe ich für dich!"

Samuel verabschiedet sich.

München befindet sich in einem wahren Weihnachtszauber. Seit Tagen fallen glänzende Schneeflocken vom Himmel, von den Dächern hängen die Eiszapfen und der rote Teppich vor dem „Il Tartufo" genießt die warme Umarmung der Schneedecke. Der Inhaber des Restaurants flucht; er entschuldigt sich bei den Gästen und versucht, in Windeseile den Weg freizuschaufeln.

Adam sieht auf Stellas neue High Heels.

„Ich glaube, ich fahre dich nach Hause."

„Oh ja, er fährt mich nach Hause", doch im selben Atemzug hört sie sich sprechen:

„Brauchst du doch nicht, ich wohne ja gleich um die Ecke."

Doch ein Adam lässt sich davon nicht beirren.

„Dann fahr ich dich eben kurz um die Ecke."

Die Schmetterlinge in ihrem Bauch starten zu einer Flugshow, welche keine Geschwindigkeitsbegrenzung kennt.

„Die Sitzheizung halte ich definitiv für eine der zehn besten Erfindungen in diesem Jahrtausend!"

Adam lacht, während Stella mit geschlossenen Augen die Wärme genießt.

„Hast du eigentlich ein Lieblingslied?"

Adam durchstöbert seine CD-Sammlung.

„Hm, ‚You' – kennst du das?"

Adam legt eine CD in den Player ein.

„Sie haben einen sehr guten Geschmack, Frau Vernaci!"

Adam und Stella singen sich beide an: „You, you are always on my mind! You, you're the one I'm living for …"

Da das Lied für die kurze Strecke viel zu lang ist, entscheidet sich Adam spontan für eine Stadtrundfahrt.

Sie stehen vor Stellas Tür. Adam sieht Stella an: „Weißt du was? Ich habe noch einen sehr guten Rotwein zu Hause."

„Und?"

Adam setzt den Rückwärtsgang ein. Stella blickt zufrieden aus dem Fenster.

„Ich arbeite jetzt schon seit einem Jahr für Adam und war noch nie bei ihm zu Hause." Stella folgt ihm die Treppe nach oben.

„Komm rein und fühl dich wie zu Hause."

Stella betritt den Flur und läuft ins Wohnzimmer. Die antiken Möbel unterstreichen den Charme des Dachgeschosses, welches durch die einzelnen Balken eine wohlige Stimmung ausstrahlt.

Adam begibt sich in die offene Wohnküche, die zwar bestens mit Küchengeräten ausgestattet ist, aber, soweit Stellas Auge sehen kann, mit Sicherheit noch nie benutzt wurde. Stella sieht aus dem Fenster und blickt auf Münchens Dächer. „Schön hast du es hier!"

Adam öffnet gerade eine Weinflasche.

„Na ja, nichts Besonderes. Das hat noch alles meine Exfrau eingerichtet. Nachdem die Ehe auseinandergegangen ist, habe ich auch keine große Lust mehr, hierzubleiben."

„Er war verheiratet? Welche Frau verlässt so einen Typen?" Sie sieht weiter aus dem Fenster; ihre Nervosität steigt.

„Du ziehst aus?"

Sie spürt Adams Atem, welcher nun dicht hinter ihr steht.

„Mal sehen."

Stella dreht sich erschrocken um. Kein Blatt Papier könnte sich nun zwischen sie stellen. Sie spürt seinen Atem und blickt nervös nach unten. Adam hebt ihr Kinn ganz zärtlich nach oben. Er sieht sie an. Er drückt sie ganz leicht gegen die Wand. Stellas Herz rast. Ihn so nahe bei sich zu spüren, lässt ihr Herz regelrecht explodieren. Seine Lippen berühren ihre. Er küsst sie so zärtlich und leidenschaftlich, dass Stella eine leichte Ohnmacht verspürt. Seine Hände streicheln ihr Gesicht, berühren ihre Haare, ihren Hals; dann spürt sie seine Berührung auf ihrer Brust – nun ist es zu spät. Ihr Herzrasen kann sie nicht mehr länger verstecken. Adam ist in seinem Element, schließlich ist Stella eine attraktive Frau.

Er zieht ihr ihre Bluse aus und reißt ihr den Rock runter.

Fast schüchtern steht sie in Dessous vor ihm; sein Blick wandert ganz langsam ihren Körper entlang. „Sehr guter Einkauf", flüstert er ihr ins Ohr.

Er hebt sie hoch und trägt sie ins Schlafzimmer. Stellas Angst verschwindet langsam, in einem Trancezustand genießt sie die erotischen Momente. Ihr Körper bebt und kein Duft dieser Welt kann dem seinen in diesem Moment standhalten. Sie umschlingt seinen schweißnassen Körper. Sie schlafen miteinander. Stella scheint an ihrem Ziel angekommen zu sein. Nach dem Akt dreht Adam ihr den Rücken zu. Stella dreht sich zu ihm. Glücklich und zufrieden schläft sie ein.

Ihre Augen öffnen sich und für einen kurzen Moment sieht sie irritiert um sich – keine laute Musik vom Nachbarn, kein Sonnenlicht auf ihrem Gesicht. Dann hört sie Adams Stimme. Er kommt ins Schlafzimmer. Er ist bereits angezogen. Erschrocken steht sie auf.

„Wie viel Uhr ist es denn?"

Adam sieht kurz zu ihr.

„Sieben, habe um halb acht einen Termin. Tja, bin jetzt weg. Schließ die Tür einfach hinter dir zu!" Verwirrt steht Stella im Schlafzimmer.

„Aber kannst du mich denn nicht noch schnell nach Hause fahren?", flüstert sie vor sich hin und steht nun alleine in seiner Wohnung.

Eigentlich die Gelegenheit, um sich ein wenig umzusehen. Doch will sie das überhaupt?

Sie verspürt einen gewissen Respekt und Angst davor, in seinen privaten Sachen zu schnüffeln. Ihr Handy klingelt.

„Ja?"

„Ich habe dir ein Taxi gerufen, ist in drei Minuten da."

Er legt auf.

Sie zieht sich an und rast die Treppe hinunter, diesmal ohne Joes laute Musik im Ohr.

Auch sonst ist dieser Tag anders als alle bisherigen. Eine seltsame Stimmung liegt in der Luft. Vielleicht kann man das, was sie gestern mit Adam erlebt hat, nicht mehr toppen! Ist etwa der Zauber nach einem einzigen Mal schon verflogen?

Stella spürt eine gewisse Nervosität; des Weiteren ist sie von den ständigen Anrufen seiner Schwester mittlerweile genervt. „Denkt diese blöde Kuh eigentlich, ich hätte nichts anderes zu tun, als sie am Telefon abzuwimmeln?“ Adam steht vor ihr, in seiner ganzen Pracht. Er sieht die Post durch. Mit genervtem Unterton und ohne ihn dabei anzusehen, wendet sie sich ihm zu.

„Sag mal, kannst du nicht einfach deine Schwester zurückrufen? Sie ruft den ganzen Tag hier an und ich habe weiß Gott wichtigere Sachen zu tun, als dich permanent bei ihr zu verleugnen!“

Adam hebt seinen Kopf und sieht sie an, keine Miene ist in seinem Gesicht erkennbar. Mit ruhiger Hand legt er die Briefe auf den Tisch. Stella sieht zu ihm hoch. Unbeirrt und im selben Tonfall fährt sie fort.

„Du hast auf meine Frage nicht geantwortet!“

Adam steht stillschweigend vor ihr. Mit einem kalten Blick schlägt er mit dem Bein gegen den Tisch, welcher sofort in zwei Teile zerbricht. Völlig ruhig beugt er sich zu ihr mit den Worten:

„Merk dir eins, Engel. ***Ich*** entscheide, wann ich wen anrufe! Und wenn meine Schwester noch fünfzig Mal anruft, dann bist du dafür da, ihr fünfzig Mal zu sagen, dass ich keine Zeit für sie habe! Haben wir uns verstanden?“

Ruhig verlässt er den Raum und dann das Bürogebäude.

Stella sitzt geschockt vor den Trümmern ihres Schreibtisches. Völlig geistesgegenwärtig fängt sie an, das Chaos aufzuräumen. Ihre Hände zittern immer heftiger und die Tränen schießen ihr in die Augen. Mario betritt den Raum; mit Fassungslosigkeit nimmt er das Chaos wahr.

„Was zum Teufel ist hier passiert?"

Stella bemerkt ihn nicht; sie räumt das Chaos auf. Mario hilft ihr, ohne ein weiteres Wort zu sagen.

Liegen Glück und Schmerz immer so nah beieinander? Gestern hat sie noch den Höhepunkt mit ihm erlebt und heute bekommt ihr Glück einen Riss! Warum? Ihr Spiegelbild zeigt eine erschrockene junge Frau. Ihre Augen blicken Hilfe suchend nach der Antwort und dann stellt sie sich die Frage, welche Martina lieber nicht hören sollte:

„Vielleicht habe ich ihn ja zu sehr provoziert?"

Sie wischt sich die Tränen ab; das Zittern ihrer Hände versucht sie unter eiskaltem Wasser zu bändigen. „Atme tief ein! Höre auf, dir Gedanken darüber zu machen! Du wirst nicht darüber reden und hör gefälligst auf, zu zittern. Was ist los mit dir?" Wütend spricht sie mit ihrem eigenen Spiegelbild. Das Make-up aufgefrischt und die Hände mittlerweile beruhigt, meldet sie sich freundlich und selbstbewusst am Telefon.

Sie haben eine Mitteilung, Graziano.

„Ciao Bella, wollte dich nur wissen lassen, dass ein guter Freund an dich denkt und hofft, dass du dich nicht zu sehr überarbeitest. P. S.: Habe Martina auch schon eine Moralpredigt gehalten, dass sie etwas mehr Verständnis für deinen tollen Job zeigen soll! Ich umarme dich."

Die Träne will einfach raus. Sie kann sie nicht mehr aufhalten. Gerührt küsst sie das Display ihres Handys.

Sie haben eine Mitteilung, Stella.

„Schön, dass es dich gibt, du bist etwas ganz Besonderes!"

E-Mail von Graziano an Martina.

„Hey Süße, bitte schaue heute nach Stella, ich habe irgendwie ein komisches Gefühl. Kann leider nicht, da ich in Mailand stecke! Halte mich auf dem Laufenden! Bacio"

E-Mail von Martina an Graziano.

„Alles klar!"

Selbstbewusst läuft Stella mit der Unterschriftenmappe in Adams Büro. „Rechnungen und Verträge zum Unterzeichnen."

Als sie wieder gehen möchte, legt er seine Hand auf ihre und sieht sie intensiv an. Sie lächelt, hält kurz seine Hand fest und geht wieder in ihr Zimmer.

Der Glanz der schneebedeckten Stadt scheint an diesem Tag irgendwie erloschen zu sein, zumindest für Stella. *„Ist das die Realität? War alles andere ein Traum?"* Nachdenklich stöckelt sie in ihren High Heels durch den Schnee und mit jedem Schritt versucht sie krampfhaft, den heutigen Tag hinter sich zu lassen.

Mit einer Faust knallt Stella gegen die Eingangstür. Joe öffnet diese in seinem gewohnt entspannten und etwas abwesenden Zustand.

„Jetzt hör mal zu, du Arschloch! Du glaubst wohl, die Welt gehört dir? Hier leben aber auch noch andere menschliche Wesen mit ihren Problemen, die diese in Ruhe bewältigen möchten! Wenn du deine Scheißmusik noch einmal so laut aufdrehst, dann schwöre ich dir, befördere ich dich persönlich auf den Planeten, auf welchem du seit Monaten zu wohnen scheinst!"

Joe verspürt zum ersten Mal ein Gefühl von Nüchternheit, schafft es aber nicht mehr, irgendetwas zu sagen, denn Stella ist längst die Treppe hoch gedonnert und hat ihre Eingangstür mit einem lauten Knall zugeschlagen.

Sie weint und ärgert sich tödlich darüber, dass sie diesen Zustand nicht stoppen kann. Es klingelt. Stella öffnet die Tür; Martina kommt ihr entgegen. „Überraschung, war gerade in der Nähe."

Stella versucht, ihren Blicken auszuweichen, um ihre verweinten Augen nicht zu zeigen.

„Hey, schön dich zu sehen! Willst du Tee? Habe mir gerade einen aufgesetzt."

Martina, schon längst den Zustand ihrer Freundin zur Kenntnis genommen, lässt sich nichts anmerken.

„Klar!"

Stella betritt das Wohnzimmer mit zwei Teetassen. Martina kann ihre Gefühle nicht länger unterdrücken.

„Was ist los?"

Stella setzt sich zu ihr.

„Wie meinst du?"

Martina sieht sie besorgt an.

„Deine Hände zittern und deine Augen sind angeschwollen."

Stella weicht ihrem Blick aus. Ihre Freundin nimmt ihre Hand.

„Von mir kriegst du keine Vorwürfe mehr, ich habe akzeptiert, dass dein Herz für diesen Typen schlägt. Alles, was du von mir hören wirst, ist, dass ich immer für dich da sein werde!"

„Oh Gott, ich hasse diesen Tag!" Schon wieder verliert sie den Kampf gegen ihre Emotionen und fängt bitterlich an, zu weinen.

„Es ist so schwierig alles", stammelt sie vor sich hin.

Martina reicht ihr ein Taschentuch.

„Ich weiß, was dich an ihm fasziniert: Er ist ein Lebemann, witzig und charmant, großzügig und er behütet dich wie seinen Augapfel!"

Stella reißt sich zusammen und mit gefasster Stimme erzählt sie ihrer Freundin die Neuigkeit.

„Er hat mir heute meinen Schreibtisch zertrümmert."

Martina sieht sie ernst an. *„Was nun? Ihr eine klatschen, diesen Scheißadam finden und ihn öffentlich kastrieren lassen? Oder vielleicht auf Graziano hören? Ja, auf Graziano hören!"* Stellas Stimme unterbricht ihren Gedankengang und steigendes Aggressionspotenzial gegenüber diesem Herrn Adam Brandt.

„Ich weiß, dass sich das krank anhört, aber meinetwegen kann er die ganze Büroeinrichtung zertrümmern, das imponiert mir nicht."

„Auf Graziano hören, auf Graziano hören, auf Graziano hören."

„Stella, dass du eine starke Persönlichkeit bist, wissen deine Freunde und deine Familie. Warum hast du es dir zur Lebensaufgabe gemacht, **ihm** zu zeigen, wie stark du bist?"

„Ich weiß es nicht, aber ich stecke mit meinem Herzen zu tief drin. Ich kann es jetzt noch nicht abbrechen!"

Martina umarmt ihre Freundin; ihr Blick ist nach draußen gerichtet. Zu schön wäre die Vorstellung gewesen, dass Stella das Kapitel „Adam" hier und heute beendet, doch Martina weiß, das hier ist gerade erst der Anfang einer nervenaufreibenden Geschichte.

Stella sitzt vor ihrem Schreibtisch. Fragend sieht sie die Pläne auf ihrem Tisch an. Nach einem kurzen Augenblick nimmt sie die Unterlagen und läuft zum Architektenbüro. Mario arbeitet intensiv an der Aufmaßplanung für das nächste große Projekt. Stella klopft an seine Tür, öffnet diese und fragt ganz vorsichtig:

„Hast du einen kurzen Augenblick Zeit?"

Mario, froh über jede Ablenkung:

„Klar, was gibt's?"

„Kann ich dich um eine, na ja, wie soll ich sagen …“, mit einem verzweifelten Blick öffnet sie einen Plan, „Planschulung bitten?“

Mario grinst die Kleine an, er muss sich schon zugestehen, dass sie sich im letzten Jahr bereits unglaublich viel Wissen angeeignet hat.

„Willst du etwa die Branche wechseln?“

„Nein, aber ich fühle mich wohler, wenn ich Ahnung von dem habe, was ich erzähle!“

Er sieht sie fragend an und am liebsten würde er diese Gedanken aussprechen: *„Also, Kleines, mit deinem Können und Arbeitswillen wärst du in einer anderen Firma bestimmt besser aufgehoben.“* Dann blickt er lächelnd zu Stella.

„Adam wusste wohl, warum er ausgerechnet dich einstellt!“

Er steht auf und läuft zu seinem Schrank, dann zieht er verschiedene Bücher aus dem Regal und überreicht diese Stella.

„Hier findest du jede Antwort, die du brauchst, und solltest du verzweifeln, dann frag mich – aber gib die Bücher ja nicht aus der Hand!“

Stella strahlt und in Windeseile durchfliegt sie die Titel: „Kompakthandbuch Immobilien“, „Architektur“, „Rechtliche Grundlagen“, etc.

Die Nacht ist längst eingebrochen. Geschäftsleute sitzen beim Italiener und tauschen ihre Businesspläne aus, die Mütter legen ihre Kinder schlafen, Joe hält die letzte Verwarnung vor fristloser Kündigung des Mietverhältnisses in den Händen, Martina sitzt etwas abwesend mit ihrem Freund vor dem Fernseher, Graziano lässt sich von seiner italienischen Mama bekochen und Stella sitzt in ihrem Büro. Der Schreibtisch sieht wild aus – Rechnungen, Grundrisspläne, Finanzierungsunterlagen und Bücher machen das Chaos perfekt. Doch Stella studiert unermüdlich jedes einzelne Dokument. Die Ruhe wird durch ein lautes Auspuffgeräusch gestört. Adam fährt an seinem Bürogebäude vorbei und entdeckt das Licht in Stellas Zimmer. Er bleibt stehen und läuft ins Büro. Überrascht steht er vor ihrer Tür.

„Was machst du hier?"

Stella, selbstbewusst wie schon lange nicht mehr: „Arbeiten!"

Dann nimmt sie einen Schluck aus ihrem Kaffeebecher. Adam sieht auf ihren Tisch. Verwirrt merkt er die eigene Nervosität; vor ihm sitzt eine Frau, welche anscheinend ganz genau weiß, was sie will – und zwar nicht nur ihn!

„Machst du etwa heimlich eine eigene Firma auf?" Stella kann sich ein zynisches Lächeln kaum verkneifen.

„Wer weiß?"

So langsam gefällt ihm dieses Gefühl gar nicht, hier scheint ihm eine Sache zu entgleiten, welcher er sich so sicher war. Er denkt einen kurzen Augenblick nach.

„Weißt du was? Ich mache dir einen Vorschlag! Ich überlasse dir das nächste Projekt eigenhändig, vom Einkauf über die Abwicklung bis zur Fertigstellung. Solltest du erfolgreich sein, gründen wir eine eigene Firma für dich!"

Und wieder einmal schafft er es, Stella vor den Kopf zu stoßen. „Du scherzt?"

Adam blickt ihr tief in die Augen, um die plötzlich aufsteigende Nervosität zu kontrollieren.

„Was glaubst du?"

Stella reicht ihm die Hand.

„Auf eine erfolgreiche Partnerschaft!"

Seiner Sache nicht ganz sicher, greift er nach ihrer Hand.

„Die nötige Arroganz für eine Geschäftsführerin besitzt du ja schon!"

Neuer Tag, neues Glück – und Zuwachs für die Firma Brandt Bauträgergesellschaft. Die neue Architektin, Frau Barbara Mohr, richtet ihr Zimmer ein. Stella begrüßt sie mit einer heißen Tasse Kaffee.

„Guten Morgen, ich hoffe du hattest noch keinen Kaffee!"

„Nein, aber gute Idee, ich brauche dringend eine Pause!"

Die beiden laufen in die Küche. Stellas ehrgeizigem Blick kann sie nicht entkommen.

„Und, wie läuft es mit der Baustelle?"

„Ganz gut, ihr habt euch ja ein schönes Objekt ausgesucht und die Kunden lassen uns genügend Freiraum, um gestalterisch tätig zu werden!"

„Dann mach mal das Beste daraus! Mario hat dich schließlich in ganz großen Tönen gelobt!"

„Ich werde mir Mühe geben."

Zufrieden genießt Stella ihren Kaffee.

Eine gewisse Fassungslosigkeit ist in Adams Gesichtsausdruck nicht zu übersehen. Wortlos lässt er sich den Zwischenstand der Baustelle, welche er Stella überlassen hat, zeigen. Samuel ist tief beeindruckt.

„Ist das nicht erschreckend für dich? Ich meine, dieses Projekt läuft bombastisch – du liegst in der Zeit, du hast alle Einheiten verkauft, die Baukosten sind niedriger als angegeben. Tolle Arbeit – obwohl … Warte mal, ups, das ist ja Stellas Projekt!"

Das Grinsen kann er sich nicht verkneifen.

Adam beißt sich auf die Lippen.

„Ja, die hat wirklich was auf dem Kasten!"

Samuel betrachtet interessiert die Mauerarbeiten. „Also, wenn du mich fragst, Bruder, dann denke ich nicht, dass sie sich länger mit der Assistenzstelle zufriedengibt!"

Adam versucht, diesen Kommentar zu ignorieren.

„Sie hat jegliche Freiheiten in der Firma!"

„Sie ist dir überlegen, mein Freund!"

Samuel sieht ihn ernst an. Adam grinst ihm unbeeindruckt ins Gesicht.

„Aber eine große Schwäche hat sie und somit bin ich auf der sicheren Seite!"

Samuel sieht ihn neugierig an.

„Ich höre?"

„Sie liebt mich!"

Nun vergeht Samuel das Grinsen. Obwohl er Stella nicht gut kennt, hat er großen Respekt vor ihrem Arbeitseinsatz und findet es unangebracht, diesen so auszunutzen. Doch Adam redet unaufhörlich weiter:

„Sollte sie trotzdem einen Höhenflug bekommen, dann stelle ich sie schon ruhig!"

„Ach ja, und wie bitte? Glaubst du etwa, du kannst ihr mit Geschenken imponieren wie den restlichen Kandidatinnen?"

„Es kommt darauf an, was für ein Geschenk es ist!"

„Sei vorsichtig, sonst geht ihr beide als Verlierer aus dieser Sache raus."

Adam betrachtet den Ausblick aus der Dachgeschosswohnung.

„In meiner Welt gibt es keine Verlierer!"

Was tun, wenn die Luft ziemlich dünn wird?

Joe etwa hat sich komplett von seiner Stereoanlage verabschiedet, und Adam? Adam tut das, was ein Gewinner tun muss: Mögliche Konkurrenz taktvoll ruhigstellen. Und da es sich bei seiner Konkurrentin um ein weibliches Wesen handelt, welches auch noch in ihn verliebt ist, läuft er siegessicher an einem sonnigen Morgen ins Büro.

„Guten Morgen, die Damen!"

Er läuft zu Stella und verbindet ihr die Augen mit einem Tuch. Stella, völlig überrascht:

„Was soll das denn?"

Adam zwinkert Barbara zu.

„Eine Überraschung! Na komm, Barbara und ich führen dich nach draußen, vertrau uns!"

Barbara nimmt mit einem fragenden Blick Stellas Hand. *„Was zum Teufel hat er sich jetzt wieder einfallen lassen? Er schafft es immer wieder …"* Da ist es schon wieder, das laute, schnelle Herzklopfen. Sie spürt Adams Hand, Barbara dagegen registriert sie nicht wirklich. Die Sonne wärmt ihr Gesicht und am liebsten würde sie jetzt alleine mit Adam am Straßenrand stehen, *„… und warum stehe ich jetzt zum Teufel hier?"* Adams Stimme ertönt.

„Bereit?"

„Ja!"

Adam nimmt ihr das Tuch ab. Vor ihr steht ein nagelneues Cabrio, verpackt mit einer riesigen roten Schleife. Mario hält die Schere und das Geschenkband in seiner Hand „Ich komm mir vor wie in einer schlechten Soap!" Doch Stellas leuchtende Augen lassen ihn für einen kurzen Moment an ihrem Glück teilhaben. Adam grinst über das ganze Gesicht. „Herzlichen Glückwunsch. Das haben Sie sich verdient, Frau Vernaci!"

Fassungslos läuft Stella zu ihrem Auto, einem Audi TT, schwarz mit Ledersitzen und – nicht zu vergessen – einer Sitzheizung. Stella ist sprachlos. Adam sieht sie ungeduldig an.

„Na, was ist? Krieg ich eine Probefahrt?"

Stella reißt die Schleife runter und steigt in den Wagen; zärtlich streichelt sie das Lenkrad.

„Hm, das muss ich mir noch überlegen!"

Nach einem kurzen Augenblick schielt sie zu Adam. „Was ist jetzt, Herr Brandt? Wollen Sie mitfahren oder nicht?"

Adam steigt mit einem Grinsen ein. Die beiden fahren los.

Barbara und Mario stehen am Straßenrand. Was genau haben sie da gerade live und in Farbe miterlebt? Ein Liebespaar? Beste Freunde? Oder – wie zumindest Barbara vermutet hatte – einen Chef und seine Sekretärin? Ihr Blick wandert zu Mario.

„Was war das denn jetzt?"

Mario schüttelt den Kopf.

„Eine oscarreife Darstellung!"

Barbara sieht ihn mit fragendem Blick an; sie versteht nicht wirklich.

„Na ja, vor kurzer Zeit hat er ihr den Schreibtisch zertrümmert und heute schenkt er ihr ein Auto, verpackt mit einer riesigen Schleife."

Er lacht vor sich hin und dreht sich zu Barbara.

„Also, eins sag ich dir: Langweilig wird uns hier nicht!"

„Das glaube ich dir aufs Wort."

Die beiden laufen Richtung Büro.

„Das ist nicht dein Ernst, bei solchen Temperaturen die Sitzheizung einzuschalten!"

Adam sieht Stella verwirrt an. Diese kokettiert: „Dies ist mein Auto. Sollte Ihnen irgendetwas nicht passen, dann können Sie jederzeit aussteigen!"

Adam spürt eine gewisse Erleichterung.

„Bist du zufrieden?"

Stella sieht ihn kurz an.

„Ich bin wunschlos glücklich", meint sie, nicht wissend, wie sehr sich Adam diese Antwort beim Kauf des Wagens gewünscht hat.

Am Abend trifft sie sich seit Langem wieder mit ihren beiden liebsten Freunden. Als sie mit ihrem neuen Wagen vorfährt, strahlt Graziano seine Freundin glücklich an.

„Wow, eine eigene Firma, einen Wagen und das in so kurzer Zeit! Also das muss dir erst einmal einer nachmachen!"

Martina setzt gerade an, um sich für all ihre Vorwürfe zu entschuldigen, da lenkt Stella strahlend ein. „Eigener Wagen! Das mit der Firma kommt bestimmt auch noch, wir wollen ja nicht gleich übertreiben!"

Martina lacht vor sich hin.

„Also langsam muss ich echt sagen, der Typ ist genial. Er hat dir also einen neuen Wagen vor die Tür gestellt, nachdem du ihm ein Objekt ganz alleine und ziemlich erfolgreich fertiggestellt hast und …", Graziano unterbricht: „Und wie gesagt, wir sind so stolz auf dich!"

Er wirft Martina einen ernsten Blick zu. Diese versucht, ihre Emotionen wie immer krampfhaft zu unterdrücken.

Wie wichtig ist Erfolg im Leben? Was bedeutet Glück? Ein schönes Fahrzeug vielleicht, eine tolle Eigentumswohnung, die Freiheit, grenzenlos einkaufen zu gehen? Joe sieht aus dem Fenster. Stella fährt mit ihrem Audi TT vor die Tür. „Eigentlich sieht sie ganz gut aus, ist mir irgendwie nie aufgefallen! Trotzdem ist sie eine blöde Kuh, fährt mit ihrem teuren Spielzeug durch die Gegend und verbietet mir meine Musik." Er öffnet das Fenster.

„Wie schön, dass du dein Glück genießen kannst und mir meins wegnimmst!"

Stella blickt überrascht nach oben. Was war das eben? Ohne weiter darüber nachzudenken, lädt sie ihre Einkäufe aus dem Auto.

Wie hart muss man an seinem Erfolg arbeiten? Sehr hart, weiß Adam. Weiß er das wirklich? Seine Arbeit ist es,

Objekte an Land zu ziehen, Wohnungen zu verkaufen, die Handwerker kurzzuhalten, damit sie keine Höhenflüge bekommen. Trotzdem schafft er es neben all diesen Tätigkeiten, die Schönheiten des Lebens zu genießen – ein Wochenendurlaub in Italien, lange Abende im Gourmetrestaurant, Weinverköstigungen, Messebesuche, Vernissagen. Klar, ist auch irgendwie eine Art von Arbeit, schließlich trifft er genau auf diesen Veranstaltungen seine möglichen Käufer und Verkäufer – Stellas Arbeitstag allerdings sieht um einiges anders aus.

Die Finanzierung eines neuen Objekts steht bevor! Adam hat heute für sein absolutes Traumhaus eine Reservierung mit einer hohen Anzahlungssumme unterzeichnet. Wie immer verlässt er sich auf seinen Instinkt, denn bei dieser Anschaffungssumme ist eine Finanzierung nicht gesichert.

„Ich habe heute die Maximilianstraße 18 gekauft."

Stella blickt fassungslos zu ihm.

„Und die Finanzierung? Die Hypo Bank finanziert uns nichts Neues, bis wir wenigstens die Von-Tannen-Straße fertiggestellt haben!"

Adam läuft in ihrem Büro auf und ab.

„Ich weiß. Aber ich weiß auch, dass wir die Finanzierung für dieses Objekt hinkriegen!"

Er sieht Stella mit einem Lächeln an.

„Ich weiß, dass du die Finanzierung hinbekommst!" Stella, für einen kurzen Moment gerührt:

„Wie hast du dir das vorgestellt?"

„Bis jetzt habe ich nicht wirklich einen Plan."

„Du bist wahnsinnig!"

„Wenn ich das nicht wäre, dann würden wir heute sicher nicht hier sitzen!"

Er zieht eine Visitenkarte aus seiner Jackentasche „Die habe ich von Josef Ebner bekommen. Das ist sein Banker.

Versuche, einen Termin mit ihm zu bekommen. Erzähle ihm, was auch immer. Das kannst du besser als ich."

Stella lächelt.

„Ich schaue, was ich tun kann."

Und sie kann viel tun, denn neben dieser wichtigen Aufgabe muss sie ja auch noch Kaffee kochen, Rechnungen schreiben, telefonieren, telefonieren, telefonieren, die Buchhaltung für den Steuerberater vorbereiten, Mietverträge schreiben, Kündigungen und Rechnungen prüfen, Pläne kopieren, Ablagen erstellen, ...

Die monatlich wechselnden Praktikantinnen und Halbtagskräfte sind ihr diesbezüglich nicht wirklich eine Hilfe.

Sie wählt die Nummer auf der Visitenkarte.

„Deutsche Bank München, Sekretariat von Herrn Mayerhöfer."

„Guten Tag, Stella Vernaci von Brandt Bauträgergesellschaft. Wäre Herr Mayerhöfer zu sprechen?"

„Um was geht es bitte?"

„Um ein sehr lukratives Geschäft, Herr Mayerhöfer weiß Bescheid."

„Einen Moment, bitte."

Stella in der Warteschleife.

„Ja, Mayerhöfer."

„Guten Tag, Herr Mayerhöfer. Mein Name ist Vernaci von der Brandt Bauträgergesellschaft."

„Ja, wie kann ich Ihnen weiterhelfen?"

Adam läuft nervös den Flur entlang. Ungeduldig versucht er, dem Gespräch zu folgen. Er bleibt vor Stellas Tür stehen. Gespannt hört er zu.

„Indem Sie sich ein wenig Zeit nehmen und ich Sie in unsere Geschäftsräume zu einem Gespräch einladen darf. Sie wurden mir von Herrn Ebner empfohlen und da wir kürzlich den Zuschlag für ein absolutes Schmuckstück bekommen haben – und damit meine ich beste Lage –, wäre dies ein lukratives Geschäft für Sie. In einem persönlichen Gespräch könnten wir auf die Details eingehen."

Adam steht immer noch vor der Tür. Er lacht siegessicher in sich hinein, holt sein Handy und wählt Stellas Nummer.

„Ich verbinde Sie mit meiner Sekretärin, sie macht einen Termin aus."

„Ich freue mich, Sie demnächst bei uns begrüßen zu dürfen."

„Die Freude ist ganz meinerseits. Auf Wiedersehen."

Kaum aufgelegt, klingelt das Handy.

Stellas Freude über ihren kleinen Erfolg ist kaum zu überhören, „Adam, stell dir vor, ich habe …"

„Ich weiß!"

Er öffnet die Tür und steht in ihrem Zimmer. Er sieht sie an und spricht in seinen Hörer:

„Stella, was ich dir schon immer sagen wollte, du bist das Beste, was mir je in meinem Leben passiert ist. Danke!"

Er legt auf. Stella sieht ihn mit leuchtenden Augen an. Was interessiert sie schon das Gespräch mit Herrn Mayerhöfer, einzig und allein dieser Moment zählt. Adams Euphorie konzentriert sich allerdings auf andere wichtige Momente.

„Ich bin verliebt! Ich bin verliebt in die Maximilianstraße 17, in dieses Geschäft und vor allem bin ich verliebt in deine Art, wie du es schaffst, die Leute um dich herum zu faszinieren! Du bist wirklich Gold wert!"

Stellas Strahlen verblasst.

„Er ist verliebt in die Maximilianstraße, in meine Art, die Leute zu faszinieren. Ich tue das alles für dich, Adam, weil ich in dich verliebt bin. In dich und nicht in deine Art!"

Sie reißt sich selbst aus ihren Gedanken raus.

„Tja, jetzt muss ich die Unterlagen fertigmachen, denn morgen bereits ist der Termin."

„Dann will ich die Geschäftsfrau nicht weiter stören!“

Mit einem Augenzwinkern verlässt er ihr Büro.

Stella redet mit der mittlerweile geschlossenen Tür. „Das würde ich dir auch nicht raten!“

Wütend und traurig erstellt sie die Kalkulation.

Der Tag der Entscheidungen – und es ist wichtig, dass sie Herrn Mayerhöfer überzeugen, denn wer ein Objekt in der Maximilianstraße besitzt, hat es eindeutig in die oberste Liga geschafft. Adam ist nervös. Hat er diesmal zu viel gewagt? Stella nimmt seine Hand.

„Du bist ein Gewinnertyp, vergiss das nicht!“

Manchmal können wenige Worte Berge versetzen.

Der Besprechungsraum füllt sich. Stella, Adam, Mario, zwei Finanziers, zwei Makler und Barbara sitzen am Tisch. Herr Mayerhöfer genießt erst einmal seinen Kaffee. Das erste Mal übergibt Adam Stella das Zepter und überlässt ihr das Gespräch. Während sie höchstkonzentriert, selbstbewusst und überzeugend ihre Unterlagen präsentiert, fährt Adam ihr mit seinem Fuß zwischen ihre Beine. Stella lässt es geschehen, genießt die Berührung. Ein seltsames Machtgefühl überkommt sie.

„Ich garantiere Ihnen, wenn Sie meine Gewinnrechnung durchgesehen haben, werden Sie dieses Objekt blind finanzieren, denn wir reden hier von bester Lage, einzigartiger Architektur, bester Abschreibung für Kapitalanleger sowie einer Vorabreservierung von 50%. Demnach wäre Ihre Finanzierungssumme bereits getilgt. Von unserer Seite wäre somit alles gesagt, sämtliche Details finden Sie in den Ihnen bereits überreichten Unterlagen.“

Herr Mayerhöfer blickt beeindruckt auf die Mappe vor sich.

„Ich werde alles Weitere mit dem Vorstand besprechen.“

Er steht auf und blickt zufrieden in die Runde: „Meine Herrschaften, Sie hören von mir“, sein Blick wendet sich zu Stella, „beziehungsweise Frau Vernaci, Sie hören von mir, und ich hoffe, im positiven Sinne. Ich wünsche Ihnen noch eine erfolgreiche Woche!“ Sie verabschieden sich. Adam verlässt mit ihm das Büro, um ihm persönlich das Objekt zu zeigen.

„Welche Position in diesem Unternehmen hast du eigentlich? Dir ist doch klar, dass du den gesamten Laden schmeißt?“

Graziano trinkt seinen Espresso.

Stella zuckt mit den Schultern: „Keine Ahnung, Mädchen für alles.“

„Verkaufe dich nicht unter Wert, meine Schöne. Das ist alles, was ich dir sagen will. Ich meine, bei so einem wichtigen Termin, ein Objekt vorzustellen, und um eine derart hohe Finanzierungssumme zu verhandeln, ist nicht die Aufgabe einer Sekretärin, oder wie du es nennst eines ‚Mädchen für alles.“

Stella blickt nachdenklich aus dem Fenster. Graziano beobachtet sie für einen kurzen Augenblick.

„Bist du verliebt?“

Stella sieht ihren Freund überrascht an.

„Quatsch, wie kommst du auf so einen Blödsinn?“

Graziano lächelt und nimmt Stellas Hand.

„Meine Frage galt deiner Arbeit, ob du in deine Arbeit verliebt bist? Dann gäbe es einen Grund, warum du dich so sehr für dieses Unternehmen einsetzt.“

Stella antwortet mit gespieltem Selbstbewusstsein.

„Natürlich liebe ich meine Arbeit.“

Graziano kneift ihr in die Backe und meint verschmitzt:

„Ist o. k., Amore. Ich habe schon verstanden.“

Stella fühlt sich ertappt.

Der Verkehr ist eine reine Katastrophe – da hilft auch ein Audi TT nicht, seine Aggression und Nervosität zu zügeln.

„Fahr endlich, ich muss ins Büro."

Aggressiv hupt Stella jeden Autofahrer an. Heute erwartet sie den Rückruf von Herrn Mayerhöfer und diesen würde sie gerne persönlich entgegennehmen.

„Warum steigere ich mich eigentlich so in diese Sache rein? Ich meine, es ist ja gar nicht mein Unternehmen und mein Erfolg! Was habe ich eigentlich davon? Tue ich das wirklich alles nur aus L...?" Sie lacht vor sich hin. *„Quatsch, ich tue das, weil ich früher oder später dafür belohnt werde!"*

Zwei Stunden später. Herr Mayerhöfer hat noch nicht angerufen, doch Stella ist guter Dinge. „Glaube versetzt Berge", hat Adam einmal zu ihr gesagt. Sie ist überzeugt von ihrer Präsentation und wartet ungeduldig in ihrem Büro.

Interner Anruf – Barbara Mohr.

„Ja, hallo?"

„Stella, Herr Mayerhöfer ist am Apparat!"

Stella atmet noch mal tief durch.

„O. k., stell durch!"

„Vernaci, guten Tag."

„Frau Vernaci, Herr Mayerhöfer von der Deutschen Bank!"

„Herr Mayerhöfer, schön Sie zu hören, ich hoffe Sie haben gute Nachrichten – oder haben Sie eventuell noch Fragen?"

„Ja, die hätte ich – und zwar wann Herr Brandt und Sie Zeit hätten, um die Darlehensverträge für die Finanzierung zu unterzeichnen."

Stella kann ihre Freude kaum im Zaum halten.

„Sie nennen mir einen Termin und Herr Brandt und ich werden da sein!"

„Passt Ihnen nächste Woche, Dienstag, um 14.00 Uhr?"

Stella sieht im Kalender nach.

„Das passt hervorragend! Ich bedanke mich noch einmal für das angenehme Gespräch und freue mich auf eine gute Zusammenarbeit!“

„Ich bedanke mich bei Ihnen und wünsche einen schönen Tag.“

Nein, es ist nicht aus Liebe, es ist dieses einzigartige Gefühl, etwas erreicht zu haben, ein Erfolgserlebnis zu verspüren und aus eigener Kraft, harter Arbeit und Disziplin heraus Adam zu zeigen, wie gut man ist. Adam? Also geht es doch wieder nur um Adam …!

Übermutig wählt sie seine Nummer.

„Adam, der Banker hat gerade angerufen. Wir haben die Finanzierung! Nächste Woche ist der Termin zur Unterzeichnung der Darlehensverträge!“

„Das ist ja Wahnsinn! Hervorragende Arbeit, Engel! Das müssen wir heute Abend feiern! Ich habe ja noch einige Termine, dann komm ich später bei dir vorbei!“

„O. k., bis später!“

„Er kommt heute Abend zu ***mir!*** *Zu* ***mir!*** *Er feiert seinen bisher größten Erfolg mit* ***mir!“***

Es ist ein sonniger Tag. Die Maximilianstraße besticht durch ihren luxuriösen Fuhrpark – und mittendrin ihr neues Mitglied.

Adam sitzt mit Samuel beim Nobelitaliener.

„Gratuliere, Bruderherz! Ich bin immer wieder erstaunt, wie du es schaffst, dich ohne Schulabschluss in dieser Branche durchzuschlagen.“

„Hm, ich hatte bis jetzt eben den richtigen Riecher und um die Details kümmert sich dann Stella.“

Durch seine Calvin-Klein-Sonnenbrille nimmt er das attraktive, weibliche Geschlecht genauer unter die Lupe. Zwei Exemplare davon bewegen sich direkt in seine Richtung.

Anna und ihre Freundin Nora. Zu seinem Glück kennt Samuel diese reizenden Geschöpfe.

„Hey, Anna! Welch ein Zufall!"

Ein Küsschen links, eins rechts. In keinem Teil Deutschlands kommt man sich so nah wie in dieser zauberhaften Bussi-Gesellschaft. Ein wahr gewordener Traum für Adam – eine zugesicherte Finanzierung und körperliche Nähe mit einer attraktiven Fremden.

„Ihr kommt genau richtig! Wir feiern einen erfolgreichen Geschäftsabschluss von Adam."

Nora sieht interessiert in Adams Richtung.

„Ach, wirklich? Du hast ein eigenes Geschäft? Na, vielleicht ist das heute auch mein Glückstag, ich bin seit Monaten auf der Suche nach einer Lehrstelle!"

Seine innere Stimme spricht zu ihm: „Wie gesagt, ich bin ein Gewinnertyp!" Charmant wendet er sich Nora zu.

„Dann hast du sie jetzt in diesem Moment gefunden!"

Für Nora ist so viel Coolness dann doch etwas verwirrend.

„Ähm, Entschuldigung?", stammelt sie vor sich hin.

Adam fährt fort: „Komm einfach morgen vorbei, dann können wir den ganzen Papierkram erledigen!"

Nora sieht in irritiert an: *„Der meint das wohl ernst, was ist das denn für ein schräger Vogel?"*

Nora: „O. k.?!"

Verwirrt sieht sie zu ihrer Freundin, welche sie anlächelt.

Samuel hebt das Glas Champagner hoch.

„Dann haben wir ja gleich zwei Erfolge zu feiern!

Wie wäre es? Wollen wir heute Abend gemeinsam die Stadt unsicher machen?"

Anna lässt sich da nicht zweimal bitten.

„Klar! Wann und wo?"

„So gegen 21.00 Uhr? Lasst uns uns doch bei Alfredo treffen, dann essen wir eine Kleinigkeit und ziehen anschließend um die Häuser!“

„Super, wie viel Uhr ist es denn jetzt?“

Sie sieht zu Nora. Diese deutet auf ihr nacktes Handgelenk.

„Keine Ahnung! Du weißt doch, ich besitze keine Uhr!“

Achtung, Adam, ein weiteres Geschenkopfer! Interessiert blickt er auf Noras Handgelenk.

„Es ist jetzt fünf. Du solltest dir unbedingt eine Uhr zulegen!“

„Da hast du wohl recht.“

Heute wird ein stressiger Tag für Stella. Das erste Mal seit Langem beendet sie ihren Arbeitstag vor Mitternacht. Trotzdem holt sie ein gewisser Erschöpfungszustand ein, denn vor ihr liegt ein hartes Programm: Sie muss ihre Wohnung auf Vordermann bringen, einen guten Wein besorgen, duschen, sich einer Ganzkörperrasur unterziehen und entscheiden, welche Dessous sich zu diesem feierlichen Anlass eignen! Stella bricht in Panik aus, denn obwohl sie ein Organisationstalent ist, zweifelt sie daran, dieses Programm in Rekordzeit bewältigen zu können. Seit Monaten hat sie mit Adam nicht mehr geschlafen und auch sonst keinen großartigen privaten Kontakt mit ihm gehabt.

Heute Abend kommt er zu ihr! Ihr Herz rast, die Schmetterlinge im Bauch starten wieder ihre Flugshow und die Nervosität hat mittlerweile ihren Höhepunkt erreicht.

Während Stella die zugesicherte Finanzierung längst vergessen hat, arbeitet Adam schon fleißig daran, das Geld „sinnvoll“ auszugeben.

Maximilianstraße 20, sozusagen der zukünftige Nachbar der Brandt Bauträgergesellschaft. Adam verlässt den edlen Schmuckladen und steigt in seinen Porsche.

Sie haben eine Mitteilung, Stella.

„Bin gegen neun zu Hause, ich freue mich auf dich!"

Adam sitzt nachdenklich in seinem Auto, doch seine Gedanken spricht er nicht aus. Was wohl in seinem Kopf vorgeht? Er drückt auf „Antworten". „Sorry, schaffe es ..." „Rrrr", Samuel ruft an.

„Hey, Bruderherz. Was gibt es?"

„Hol mich später nicht ab, würde Anna heute Nacht gerne persönlich nach Hause fahren!"

Adam grinst.

„Habe schon verstanden, bis später."

Er legt auf und steckt sein Handy ein. Sein Blick führt kurz zu dem verpackten Schmuckkästchen neben sich. Mit einem Grinsen startet er den Motor und braust davon.

München bei Nacht. Die Restaurants sind voll, der Kampf um einen begehrten Parkplatz hat längst begonnen und die etwas besser Betuchten lassen sich von ihrem Chauffeur absetzen und wieder abholen. Adam hat dieses Problem nicht. Seine Parkplätze kreiert er selbst: behindertengerecht, totales Halteverbot, Fußgängerweg, Ausladezonen – wie gemacht, um sein teures Spielzeug abzustellen. So viel Coolness hinterlässt Eindruck, findet auch Nora. Es soll ein lustiger Abend werden, denn irgendwie besitzt dieser Klugscheißer – wie Nora ihn auf den ersten Moment einschätzt – auch eine gewisse Art von Humor, über welchen sie durchaus lachen kann.

„Kennen wir uns?" Stella erinnert sich an den ersten Moment ihrer Begegnung mit Adam. Sie zündet gerade eine Kerze an, ihr Programm hat sie in Rekordzeit absolviert und jeden Augenblick kommt Adam. *„Es ist diese freche Art, die ich so sehr an ihm mag."*

„Du bist frech, das mag ich an dir!"

Adam zwinkert Nora zu. Nora lässt diesen Kommentar so nicht auf sich sitzen.

„Ich bin nur ehrlich."

„Und frech!"

„Was ich an ihm hasse, ist seine Unpünktlichkeit! Soll ich ihn anrufen? ***Nein****!"*

Stellas Glücksgefühl verschwindet langsam und ihre Augen starren pausenlos auf ihr Handy, bis sie vor Erschöpfung zufallen und Stella mit einem weinenden Auge einschläft.

„Danke fürs nach Hause Fahren. Und dein Angebot zwecks Ausbildung steht noch?"

Der Porsche hält vor Noras Elternhaus und um nicht die gesamte Wohnstraße zu wecken, hat Adam vorsichtshalber den Motor ausgeschaltet.

„Selbstverständlich! Komm morgen um 9.00 Uhr vorbei, dann regeln wir alles."

Er lächelt sie an.

„Ach, übrigens ..."

Er holt das verpackte Schmuckkästchen hervor und reicht es Nora.

„Sieh es als Willkommensgeschenk zu deinem neuen Arbeitsplatz an."

Noras Begeisterung hält sich in Grenzen.

„Warum tust du das?"

„Warum nicht? Hast du noch nie etwas geschenkt bekommen, einfach so?"

Nora hat inzwischen das Geschenk geöffnet und strahlt ihre neue Gucci-Uhr an.

„Eine Gucci-Uhr!"

Adam grinst. Ist es nicht schön, Menschen, besser gesagt Frauen, glücklich zu sehen?

Nora sieht ihn begeistert an. „Du bist verrückt!"

„Vorsicht, kleine Lady! Ab morgen bin ich dein Chef!"

„Danke, Adam!"

„Gerne, dann bis morgen!"

Beim Aussteigen hält sie Adam kurz auf.

„Ach, Nora, falls Stella, deine Ausbilderin, dich morgen fragen sollte, dann hast du die Uhr nicht von mir. Sie schimpft immer, dass ich so viel Geld ausgebe!"

Er grinst.

„Klar, ich schweige wie ein Grab."

Glücklich und zufrieden läuft sie in ihr Elternhaus.

Adams kurze Nacht beginnt und Stellas unruhiger Schlaf wird noch wenige Stunden andauern. Diesmal wird sie ohne Wecker und Joes laute Musik aufstehen – diesen Morgen sorgen ihre angeschwollenen Augen und dieses unglaublich traurige Gefühl dafür, dass sie schon früh wach wird. Natürlich stellt sie enttäuscht fest, dass Adam nicht neben ihr liegt.

Obwohl er da hingehört. Er gehört an ihre Seite, dessen war sie sich bis gestern Abend noch so sicher.

„Was bedeutet eigentlich war? Er hatte bestimmt einen langen Geschäftstermin! Aber hätte er mich da nicht anrufen können? War wahrscheinlich was Wichtiges. Mach dir einfach keine Gedanken."

Sie stylt sich, heute besonders hübsch, doch das perfekte Äußere kann den Schmerz und die Enttäuschung in ihren Augen nicht verbergen. Sie läuft die Treppe hinunter, steigt in ihren Wagen und das erste Mal wünscht sie sich, Adam heute nicht zu begegnen.

Für eine Frau wie Stella reichen eine kurze Autofahrt, ein ernstes Selbstgespräch und ein musternder Blick in den Innenspiegel, um völlig verwandelt und selbstbewusst das Büro zu betreten. Doch eine fremde Frauenstimme wirft sie in Sekundenschnelle in ihre morgendliche Empfindung zurück.

Adam sitzt mit einer ihr noch unbekannten, jungen, hübschen Frau in seinem Büro.

„Ah, da ist sie ja endlich. Stella kannst du mal bitte kommen?“

Doch Stella läuft wie versteinert weiter.

Sie spürt einen Stich in ihrer Magengegend. Mit gespieltem Selbstbewusstsein antwortet sie:

„Ich bin gleich da, habe noch ein wichtiges Telefonat zu führen.“

Die Schritte zu ihrem Büro sind heute endlos, ihre Beine tonnenschwer und die Luft in den Büroräumen wird immer dünner. Endlich angekommen, schließt sie die Tür hinter sich zu. Mit zittriger Stimme redet sie sich ein: „Reiß dich zusammen! Vielleicht ist das nur eine Kaufinteressentin! Natürlich ist das eine Kaufinteressentin, wer soll sie denn sonst sein? Gott, was ist los mit dir? Wirst du langsam wahnsinnig?“

Sie atmet noch einmal tief ein. Völlig selbstbewusst läuft sie in Adams Zimmer. „Hallo, Stella! Darf ich vorstellen? Nora Lehmann, Stella Vernaci.“

Nora streckt ihr mit einem Lächeln die Hand entgegen. Stellas Blick wird magisch von der Gucci-Uhr auf ihrem Handgelenk angezogen. *„Welch ein blöder Zufall! Das ist doch ein Zufall, oder?“*

Völlig gefasst, mit einem gequälten Lächeln, begrüßt sie Nora und setzt sich hin.

„So, Engel.“ *„Na also, er nennt mich vor ihr Engel.“* Stella spürt die Erleichterung in ihrer Magengegend. „Nora ist zurzeit auf der Suche nach einer Lehrstelle, da habe ich ihr gestern spontan zugesagt, dass sie bei uns eine Lehre machen kann!“

Stella kann nicht glauben, was sie hört.

Mit kühlem Unterton antwortet sie:

„Wie hast du dir das vorgestellt? Ich meine, wir können keine Lehrlinge ausbilden, ich habe keinen Ausbilderschein und soweit ich weiß, du auch nicht."

Mehr als ein gequältes Lächeln hat sie für Adam nicht übrig! Doch Adam schenkt weder ihrer Aussage noch ihren Blicken Aufmerksamkeit.

„Dann machst du eben einen – wie nennst du das? Ausbilderschein?

Ich lasse euch jetzt alleine, dann könnt ihr alles Weitere besprechen."

Er steht auf und geht.

Stella und Nora sitzen am großen Besprechungstisch. Nora versucht, die etwas eiserne Stimmung, welche Stella mit ihrer bloßen Anwesenheit ausstrahlt, grinsend zu überspielen, doch gegen Stella hat sie keine Chance. *„Ich weiß nicht, wer du bist und woher du Adam kennst, und ehrlich gesagt interessiert mich das auch gar nicht!"*

„Tja, ich weiß jetzt ehrlich gesagt nicht genau, was ich mit dir besprechen soll. Eigentlich brauche ich gar keinen Lehrling, ich muss das noch mal mit Adam besprechen. Lass mir deine Nummer da, dann rufe ich dich an."

Nora antwortet in ihrer Naivität:

„Adam hat meine Nummer schon."

Wenn Blicke töten könnten. Schnell wird Nora klar, dass sie sich diese Aussage besser gespart hätte.

„Natürlich hat er sie", entgegnet Stella, und da die Neugier eindeutig ihren Stolz besiegt, hört sie sich folgende Frage stellen:

„Schöne Uhr, ein Geschenk?"

Unsicher antwortet Nora:

„Dankeschön! Ähm, ein Geschenk von meinem Vater."

Stella erhebt sich und reicht Nora die Hand. Diese entdeckt für einen kurzen Augenblick ein Lächeln in ihrem Gesicht.

„Wie gesagt, wir melden uns dann bei dir, ich begleite dich nach draußen."

Die Chefin läuft vor, der Lehrling hinterher.

Barbara kommt um die Ecke.

„Stella, Graziano ist am Telefon."

„Sag ihm, ich bin in einer Besprechung."

Barbara bemerkt ihre schlechte Laune und geht zurück in ihr Zimmer.

Stella läuft wütend in ihrem Büro auf und ab. Doch was genau macht sie so wütend? Nora? Ein einfaches Mädchen, welches sich um eine Ausbildungsstelle bewirbt? Oder die Tatsache, dass Adam sie gestern versetzt hat? Stella weiß es nicht, doch die Unruhe in ihr wächst stetig.

„Was sollte das?"

Adam studiert diverse Unterlagen an seinem Tisch. Um die Sache jedoch nicht weiter zu provozieren, wendet er sich liebevoll an Stella.

„Stella, unser Unternehmen ist am Wachsen, daher wird es Zeit, dass du Unterstützung bekommst. Du schaffst die Arbeit nicht alleine ..."

Stellas Emotionen gehen mit ihr durch und sie hört Graziano zu ihr sprechen: *„Verkaufe dich nicht unter Wert, meine Schöne ...!"* Sie unterbricht Adam.

„Halte du lieber dein Versprechen ein und denke an das Unternehmen, welches du mir zugesichert hast! Des Weiteren wird es Zeit, dass ich hier eine Handlungsvollmacht bekomme!"

Ein wahrer Geschäftsmann, ein Mann, welcher nach Erfolg giert, welcher, so scheint es, in kurzer Zeit die Welt erobern möchte, ist natürlich auf solche Sachen bestens vorbereitet. *„Sollte sie einen Höhenflug bekommen, dann stelle ich sie schon ruhig."*

Er nimmt Stellas Hand und reicht ihr ein Türschild. Stella blickt auf das Türschild, welches folgende Beschriftung trägt: „Stella Vernaci – Prokuristin".

„Bei dieser Position brauchst du Leute, die für dich arbeiten! Du kriegst alles, was du willst. Ich werde mein Versprechen schon noch einhalten!"

Stellas Gefühlschaos scheint kein Ende mehr zu nehmen – dieses Herzrasen, diese Wutanfälle, diese Traurigkeit – und jedes Mal setzt Adam wieder eins drauf. Sie sieht ihn fragend an: *„Was geht bloß in seinem Kopf vor?"* Er lächelt.

„Stella, niemand hier wird dich jemals ersetzen können. Nora ist ein junges Mädchen und du wirst ihre Chefin sein. Also sei nicht so hart zu ihr und gib ihr eine Chance."

Er steht auf, streicht ihr liebevoll das Haar nach hinten und küsst sie auf die Stirn.

„Habe noch einen Termin, bis später."

Ist das jetzt ein Moment, um glücklich zu sein, um Luftsprünge zu machen? Ist das jetzt die Bestätigung, dass sie es geschafft hat? Geschafft hat, sich Respekt zu holen und die Karriereleiter hochzusteigen? Ihr Verstand sagt Nein, doch ihr Herz, das klopft und klopft und klopft. Stella dreht sich zu ihm.

„Sehen wir uns heute noch?"

Adam grinst.

„Aber natürlich!"

Natürlich sehen wir uns heute ***nicht*** – und die unerfüllte Sehnsucht lässt Stella mittlerweile in eine hoffnungslose Welt eintauchen. Sie sitzt alleine im Büro und wartet. Der Zeiger auf der großen Uhr deutet auf die späte Stunde. Es ist kurz vor Mitternacht.

Adam hat nichts von sich hören lassen. *„**Noch** nicht! Ich habe schließlich auch bis vor einer halben Stunde gearbeitet!"* Ganz langsam packt sie ihre Sachen zusammen, läuft den Flur entlang, sieht immer wieder auf die Uhr, in der Hoffnung, dass Adam zur Tür reinkommt. Sie läuft zurück ins Büro und setzt sich hin, ihren Blick wie versteinert auf das Handy gerichtet. „Vielleicht kommt er direkt zu mir?" Die Hoffnung stirbt bekanntermaßen zuletzt.

„So, die Damen, einmal das Frühstück Royal."

Der Kellner überfordert sämtliche Gäste im Café mit seiner übertrieben guten Laune. Stella schenkt ihm daher keinerlei Beachtung; Martina jedoch findet es klasse. „Gott, wenn meiner jeden Morgen so eine Laune hätte, dann wäre ich mit Sicherheit die glücklichste Frau der Welt." Doch Stellas schlechte Laune dominiert eindeutig und Martina versucht, vorsichtig auf ihre Freundin einzugehen.

„Du siehst müde aus."

„Habe die letzte Zeit wenig geschlafen."

Martina nickt und fällt sofort in ihr „ach so charmantes" Schema zurück.

„Was verschafft mir die Ehre?"

„Was soll denn dieser blöde Kommentar? Brauche ich einen besonderen Grund, um mich mit meiner Freundin zu treffen?"

„Wenn ich dein Aggressionspotenzial bewerten darf, sieht das ganz nach Ärger mit Adam aus?"

„Er hat in letzter Zeit viel zu tun, wir sehen uns privat kaum."

Marina versucht die aufkommende Wut zu bändigen: *„Es reicht! Langsam habe ich es satt, dass du dich so zum Affen machen lässt wegen dieses Typen!"* …Doch scheitert sie kläglich.

„Viel zu tun hat der Herr? Stella, wach auf! Der Typ geht abends feiern, während du auf ihn wartest."

Die Stimmung am Tisch erinnert mehr an zwei Feinde statt liebende Freundinnen.

„Selbst wenn er feiert, wo liegt da das Problem?"

Martina ist nun voll in ihrem Element. „Mach die Augen auf, du blöde Kuh.

„Dass er vielleicht ohne dich feiert?"

Stellas Gedanken sind plötzlich klar und deutlich zu hören.

„Mein Problem ist, dass ich die letzten Tage immer gewartet habe und er nicht aufgetaucht ist." Und bevor sie etwas Selbstbewusstes hinzufügen kann, klingelt ihr Handy – Adam ruft an.

„Du, das Büro ist nicht besetzt. Wo steckst du?"

Stella kocht und aus unerklärlichen Gründen schießen ihr plötzlich Tränen in die Augen. Etwa aus Wut? Oder doch mehr aus Verzweiflung? Doch egal, in welchem Gefühlszustand sie sich befindet, ihre Stimme ist stets gefasst.

„Ich frühstücke, die Unmengen an Überstunden darf ich mir wohl als Freizeit nehmen!"

„Das solltest du vorher vielleicht mit mir absprechen! Beeil dich, wir haben genug Arbeit."

Telefonat beendet. Stille, obwohl es so viel zu sagen gäbe. Martina macht den Anfang.

„Ja, ich muss schon sagen, der ist wirklich einzigartig!"

Stellas Verzweiflung nimmt überhand. Sie zieht ihren Mantel an.

„Ich muss los. Ach, und bevor ich es vergesse: Spar dir in Zukunft einfach sämtliche blöden Kommentare, was Adam betrifft. Eines Tages wirst du den wahren Adam kennen lernen!"

Martina ist fassungslos.

„Ich hoffe für dich, dass du eines Tages den wahren Adam kennen lernst und siehst, was für ein Arschloch er ist!"

Stella legt Geld auf den Tisch.

„Das Frühstück geht auf mich."

Sie geht.

Früher hat sie sich über die weinenden Mädchen lustig gemacht. „Lieber Gott, es gibt so viele Jungs und du heulst dir die Augen aus wegen eines männlichen Geschöpfs?“ Welch ein Jammer, dass sich genau dieses Mädchen Jahre später als junge Frau und, wie sie zumindest denkt, am Anfang einer ganz großen Karriere, im Auto wiederentdeckt, weinend und schluchzend, wegen eines männlichen Geschöpfs.

Stella betritt das Büro; Adam kommt ihr entgegen.

„Die Architektin ist nicht dazu da, um deine Telefonate entgegenzunehmen.“

„Bitte?“

Barbara versucht, die Wogen zu glätten.

„Hm, mir macht das nichts aus, ans Telefon zu gehen. Es war sowieso nichts los!“

Doch Adam ist in seinem Element.

„In diesem Unternehmen hat jeder sein Aufgabengebiet, für welches er bezahlt wird. Deshalb sollte er seine Aufgaben auch hundertprozentig ausführen.“

Die verliebte junge Frau verschwindet für einen kurzen Augenblick und die Worte einer selbstbewussten Geschäftsfrau richten sich an Adam; Stellas Augen spucken Feuer.

„Dann komm du erst einmal deinen Pflichten nach und bezahle pünktlich die Gehälter!“

Barbara zieht sich zurück, obwohl sie diese Situation so gerne live und in Farbe miterlebt hätte.

Adams Aggressionspotenzial scheint so langsam seinen Höhepunkt zu erreichen.

„Noch so ein Spruch und ich vergesse mich!“

Doch diesmal lässt sich Stella nicht einschüchtern.

„Und? Willst du mir etwa drohen? Entschuldige mich, aber ich muss meine Arbeit machen, dafür werde ich schließlich bezahlt!“

Kokett läuft sie an ihm vorbei, ihr Blick vertieft in seine Augen – ein Moment der Stille, auf gewisse Art und Weise ein erotischer Moment, jedoch voll mit Aggressionen. Stellas Augen leuchten, ihr Blick ist eisern und fest und dieses eine Mal, das erste Mal, stärker! Adam wendet sich ab und knallt die Tür hinter sich zu.

Stella steht im Flur, schwer atmend, so, als ob sie gerade die Ziellinie nach einem Marathonlauf erreicht hätte – eine junge verliebte Frau, welche heute im Spiel „Kampf der Geschlechter" einen kleinen Sieg nach Hause tragen wird. Sie dreht sich um und geht.

„In meiner Welt gibt es keine Verlierer!" Adam läuft, bereit für Runde zwei, in Stellas Büro. Er fragt sie nach diversen Unterlagen. Stella steht stillschweigend auf und läuft zum Schrank. Während sie sucht, beobachtet Adam ihren Körper und lässt keine Zeit verstreichen. Er steht nun ganz nah hinter ihr. Er zieht ihr den Rock hoch. Stella lässt es geschehen. Beide sind höchst erregt. Er drückt seinen Körper an ihren und seine Hand gleitet zwischen ihre Beine. Adam befriedigt sie. Stella stöhnt leise vor sich hin. Schließlich ist das Büro besetzt. Er bringt sie zum Höhepunkt. Dann flüstert er ihr ins Ohr:

„Du bist noch erotischer, wenn du sauer bist!"

Er geht.

Stella steht an den Schrank gelehnt. Fast schüchtern blickt sie um sich. Sie fühlt sich ausgenutzt und gleichzeitig höchst befriedigt. „Ich hasse ihn, ich hasse ihn!"

Ihre Hand berührt ihren Herzschlag. „Ich liebe ihn." Während sie zur Toilette läuft, kommt Barbara ihr entgegen. Sie sieht sie mit einem merkwürdigen Blick an. Stella weicht ihrem Blick aus.

Es hat sich einiges verändert in den letzten Monaten. Stella ist in eine Wohnung aus dem firmeneigenen Bestand gezogen. Joe war auf eine ihm unerklärliche Weise traurig darüber. „Vielleicht hätte ja was aus uns werden können.“ Stella hat ihm zum Abschied und als Versöhnung eine neue Stereoanlage geschenkt! Auch die Brandt Bauträgergesellschaft ist umgezogen. Wieder sollen es herrschaftliche Büroräume werden und natürlich eine luxuriöse Ausstattung. Ein schönes Gefühl für Herrn Adam Brandt, seine Büroräume zu betreten, von der Empfangsdame begrüßt zu werden, die hauseigenen Makler daran zu erinnern, neue Objekte ausfindig zu machen, am Architekturbüro vorbei zu stolzieren und einen Blick auf die aktuellen Baupläne zu werfen. Die Buchhaltungsräume versucht er allerdings zu umgehen – zu nervig sind die ständigen Fragen nach den längst überfälligen Rechnungen und obwohl er es sich leisten könnte, hält er sich nicht gerne an die Zahlungsfristen. Im zweiten Geschoss herrscht das Reich von Stella, ihrer Sekretärin und dem Lehrling. Ein vertrautes Gefühl umgibt ihn, wenn er diese Räume betritt und sich in sein herrschaftliches Zimmer setzt.

Der König sitzt auf seinem Thron und Stella ihm gegenüber. Adam ruft Nora zu sich ins Büro:

„Kauf mir dafür was beim Bäcker bzw. Metzger ein.“

Er reicht ihr 30 Euro. Stella blickt überrascht auf und da heute ein guter Tag ist – warum, weiß sie selbst nicht wirklich –, kommt ihr eine blitzartige Idee.

„Wir nehmen dich gerne beim Wort, Adam.“ Stella wendet sich zu Nora.

„O. k., Nora. Du wirst ihm jetzt exakt für 30 Euro und keinen Cent weniger etwas beim Bäcker und Metzger kaufen!“

Nora kann ihr nicht so ganz folgen, während sich Stella kampfbereit zu Adam dreht.

„Und du, mein Freund, wirst ***alles*** aufessen!“

Adam grinst, er streckt ihr die Hand entgegen.

„Die Wette gilt!“

Fünfzehn Minuten später erinnert der Besprechungstisch mehr an ein Büfett im tiefsten Niederbayern: Brezen, Laugengebäck, Gelbwurstsemmeln, Leberkässemmeln, Fleischpflanzerl, Weißwurst, Krapfen, Nusshörnle, literweise Coca Cola, etc.

Stella nimmt ihre Wette ernst und in kürzester Zeit finden sich die restlichen Geschäftspartner und Mitarbeiter im Besprechungsraum zusammen. Die Wetteinsätze sammelt Nora ein. „Das ist mit Abstand der geilste Ausbildungsjob, den man sich wünschen kann." Sie grinst und verfolgt gespannt das Spektakel um diesen verrückten Wetteinsatz. Stella pokert hoch. Ihr Wetteinsatz lautet ***„Verzicht auf die Prokuristenstelle"***. Adams Kampfgeist ist geweckt. Genussvoll beißt er in die ersten Semmeln, spült mit Cola immer wieder nach und mit jedem Bissen – sei er noch so anstrengend und mittlerweile schon fast schmerzhaft – sieht er sein Ziel vor Augen: ***„Verzicht auf die Prokuristenstelle"***. Seit Monaten nun ziert das Schild Stellas Bürotür, doch bis zum Notartermin sind beide aus Zeitgründen nie gekommen – und jedes Mal hatte Adam eine geniale Ausrede. Die könnte er sich heute mit einem Schlag für die Zukunft sparen. Tapfer, trotz der Tatsache, dass er gegen Ende mit zittrigen Händen das Essen zu sich nimmt, isst er alles auf! Ein Gewinner der Brandt Bauträgergesellschaft sitzt mit einem unerträglichen Bauchschmerz vor der versammelten Mannschaft, welche sich zufrieden mit dem gewonnenen Wetteinsatz auflöst. Und Stella, mit Abstand die größte Verliererin des Tages, verschwendet nicht eine Sekunde an ihren Wetteinsatz. Mit Mühe und grenzenloser Liebe hilft sie Adam in letzter Sekunde auf die Toilette, welcher sich kraftlos über die Kloschüssel beugt und sich sprichwörtlich „die Seele aus dem Leib kotzt". Stella hält ihm unentwegt die Stirn.

Nachdem sein Magen leer ist und sie ihm mittlerweile den fünften Kaltumschlag auf Kopf und Nacken legt, blickt er, sein Haupt auf ihren Schoß gelegt, zu ihr. Stella lächelt:

„Du bist wirklich verrückt!“

„Verrückt, unglaublich schlau und nicht zu vergessen: ein Gewinnertyp – und dir, meine Kleine, weit überlegen“, er versucht, ihren Blicken auszuweichen, aus Angst, sie könnte seine Gedanken lesen.

„Und genau deswegen liebst du mich?“

„Ja, aber sagen werde ich dir das nicht.“ Stella bewahrt sich ihre coole Haltung und blickt nachdenklich nach draußen.

„Hm.“

Sie streichelt Adams Schläfen und genießt den vertrauten Moment, welcher durch Marios plötzliches Eintreten gestört wird. Sein irritierter Blick spricht Bände.

„Oh, wie niedlich! Und wann feiern wir Hochzeit?“

Bingo! Das ist das Schlagwort, welches Adam urplötzlich aufspringen lässt. Er läuft auf seinen Tisch zu und lässt Mario Folgendes wissen:

„Deine Witze waren auch schon mal besser! Stella wäre die letzte Frau, die ich heiraten würde. Sie ist meine persönliche Assistentin und Geschäftspartnerin! Und wie wir alle wissen: ‚Don't fuck the business‘.“

Mario blickt kurz zu Stella, welche krampfhaft versucht, ihre Fassungslosigkeit über diese Aussage zu verbergen.

„Na, dann habe ich ja heute wieder was dazugelernt!“

Er wirft Adam einen ernsten Blick zu und verlässt das Büro. Sekunden, welche endlos zu sein scheinen. Sekunden von Hilflosigkeit und Wut, Kampfbereitschaft und absoluter Kraftlosigkeit. Wie lange erträgt sie noch diese Achterbahn der Gefühle? Sie steht auf, nur ihr strenges Business-Outfit lässt sie selbstbewusst aussehen; ihr Innerstes gleicht jenem einer Person, welche dringend Hilfe benötigt.

„Tja, ich muss dann mal meiner Arbeit als persönliche Assistentin gerecht werden!“

Adam zwinkert ihr zu und lächelt.

Und die Achterbahnfahrt nimmt kein Ende.

Ein typischer Montagmorgen. Für Stella beginnt eine weitere 80-Stunden-Woche und für Adam startet dieser Tag mit einem luxuriösen Frühstück inklusive Blick auf den Comer See. Stella gießt sich eine Tasse Kaffee ein, als Michaela, die Hausverwalterin, an die Tür klopft. Stella erblickt ihr freundliches Lächeln.

„Hallo, du kommst genau richtig. Willst du auch einen Kaffee?“

„Sehr gerne, bin immer noch müde von der Autofahrt.“

„Autofahrt? Wo warst du denn?“

Michaela nimmt Platz und fügt ihrem Kaffee Milch und Zucker zu.

„Ich habe mir ein verlängertes Wochenende in Italien gegönnt. Übrigens, hat Adam dir schon erzählt, dass ich ihn getroffen habe? Das war vielleicht komisch. Zuerst habe ich dieses junge Ding neben ihm gesehen und mir gedacht: ‚Hat sich Stella etwa die Haare färben lassen?‘ Auf jeden Fall hat er große Augen bekommen, als er mich gesehen hat. Eine hübsche Nichte hat er! Warum bist du nicht mitgefahren?“

Die Achterbahnfahrt der Gefühle ist gerade dabei, den dritten Looping zu bewältigen. Geistesabwesend ertönt Stellas Stimme:

„Ich hatte hier viel zu tun.“

Und zu ihrem Glück betritt Nora das Büro und reicht ihr das Telefon.

„Stella, Adam ist am Telefon.“

Ruhig und etwas verwirrt nimmt sie den Hörer und entschuldigt sich kurz bei Michaela. Im Flur stehend, legt sie den Hörer ans Ohr.

„Hallo?“

„Hallo, Maus! Bist aber schon früh im Büro. Du, ich wollte dir sagen, dass ich erst morgen wiederkomme, habe hier noch einiges zu besichtigen!“

„Natürlich, kein Problem, alles kein Problem, Adam …“

„Natürlich, kein Problem.“

Mit etwas mehr Feingefühl hätte er gemerkt, dass Stella in diesem Moment nicht wirklich Stella ist, doch als Auserwählter für die Weltherrschaft kann er sich mit so sinnlosen Sachen wie Feingefühl für seine Mitmenschen nicht wirklich auseinandersetzen.

„Ich werde das Handy jetzt erst einmal ausschalten, weil hier katastrophaler Empfang ist, rufe dich heute Abend an.“

„Natürlich, kein Problem, alles kein Problem, Adam …“

„Natürlich, kein Problem.“

Schwerelos läuft sie in die Küche zurück. Michaela strahlt sie immer noch an.

„Du, entschuldige, aber ich muss einen Termin für Adam übernehmen, da er noch nicht zurück ist.“

„Kein Thema, wenn du Zeit hast, komm einfach kurz zu mir runter.“

Sie nimmt einen Schluck von ihrem Kaffee und verlässt das Büro.

Die Achterbahnfahrt scheint endlos. Mittlerweile dauert sie schon zwei Jahre an. Zwei Jahre Erfolg, zwei Jahre Kampf, zwei Jahre Herzschmerz und zwei Jahre … ***nein,*** keine zwei Jahre, sondern in diesen zwei Jahren seltene vertraute Momente.

Stella läuft in ihr Zimmer. Sie setzt sich. Martina spricht zu ihr, Graziano spricht zu ihr, ihr Verstand spricht zu ihr, doch etwas spricht ***dagegen.*** „Es geht hier um viel mehr als irgendeine Verliebtheit, die ich mir anscheinend nur einrede! Schließlich ist diese Firma mein Leben, ich habe sie mit aufgebaut! Das gebe ich nicht auf – Liebe hin oder her, hier geht es um mein Leben!“ Doch dem Kampf um Adams Aufmerksamkeit wird sie sich trotzdem stellen. „Das kann es noch nicht gewesen sein!“ Sie sieht auf ihre Uhr, das bisher einzige Geschenk von Adam. Dann sieht sie auf ihren Computer; eine Bilderreihe von der ersten Weihnachtsfeier fällt ihr ins Auge. Sie öffnet den Ordner und entdeckt ein Bild, auf welchem sie und Adam in die Kamera strahlen. Sie denkt nach und spricht entschlossen zu dem Foto:

„Na, dann eben mit den Waffen einer Frau.“

„Na, Alfonso, wie läuft das Geschäft?“ Graziano steht, wie immer top gestylt, an der Bar und genießt seinen Ramazotti.

„Mein Freund, so lange wir noch diese erfolgsgierigen Businessleute haben, die sich hier tagtäglich mit den hübschen Signoras den teuersten Wein einschenken lassen, so lange wird das Glück auf meiner Seite sein.“

Grazianos gute Seele spricht wieder laut ihre Gedanken aus.

„Ach, Alfonso. Was für eine kranke Welt. Diese jungen, naiven Mädchen beten diese Weltherrscher an, während die Ehefrauen zu Hause sitzen und sich mit dem Luxus zufriedengeben – bleibt ihnen ja nichts anderes übrig …“

Alfonso erinnert sich an seinen besten Kunden.

„Da gibt es einen neuen Lieblingsstammgast – Adam Brandt, so ein Immobilienmogul. Ich sage dir, ihm alleine habe ich meine Bombenumsätze zu verdanken. An guten Tagen lädt er das gesamte Restaurant ein, speist mit den schönsten Frauen und meine Kellner reißen sich darum, ihn bedienen zu können. Das Trinkgeld ist ein wahrer Geldsegen.

Also, meinetwegen können diese naiven Mädchen ihn gerne noch etwas länger anbeten!“

Graziano kann nicht glauben, was er hört.

„Du meinst Adam Brandt von der Brandt Bauträgergesellschaft?“

„Si, si.“ Alfonso holt eine Visitenkarte hervor.

„Hier, mein Freund. Solltest du auf Wohnungssuche sein, melde dich bei ihm und sag ihm, dass du von mir kommst, dann kriege ich nämlich eine Provision.“

Alfonso grinst Grazianos fassungsloses Gesicht an.

Stella zählt also auch zu diesen jungen, naiven Mädchen, welche die Weltherrscher anbeten! Aber Stella ist doch gar nicht naiv! Nachdenklich läuft Graziano zu seinem Auto. *„Na ja, zumindest ist ihr Weltherrscher nicht verheiratet! Das macht die Sache allerdings auch nicht besser! Was zerbreche ich mir den Kopf – Stella ist schlau genug, um nicht auf so einen Kerl reinzufallen!“*

Stimmt! Stella ist nämlich gerade dabei, ihre ganze Energie, Kreativität, Leidenschaft und ihre wertvolle Zeit in „so einen Kerl“ zu investieren!

Heute sieht sie besonders sexy aus. Das Kostüm unterstreicht ihre weibliche Figur, das Make-up betont ihr hübsches Gesicht und die Art, wie sie sich in ihren High Heels bewegt, könnte ihr ein Vermögen als Laufstegcoach einbringen.

Ihre weibliche Stimme, welche sie heute besonders ruhig, jedoch ziemlich zielstrebig, einsetzt, lässt Adam sein Gehirn komplett ausschalten und für einen kurzen Moment sitzt ein wahrer Mann, welcher dem weiblichen Geschlecht hilflos ausgeliefert ist, auf dem Thron. Wen interessieren schon die Geschäfte?

„Guten Morgen, Herr Brandt. Wie immer Ihr Kaffee.“

Stella legt ihm die Arbeitsmappe hin.

„Hier die wichtigsten Geschäftsunterlagen für diese Woche – ich habe dir ein neues Objekt ausfindig gemacht und bereits mit dem Eigentümer einen Besichtigungstermin vereinbart.“

Sie setzt sich auf seinen Tisch und lässt provokant ihren Rock etwas höher rutschen. Lasziv schlägt sie die Beine übereinander und beugt sich beim Reden ganz nah an sein Gesicht.

Adams Puls steigt rapide nach oben und seine Hände hat er nicht mehr unter Kontrolle. Eine Hand berührt ihren Oberschenkel und gleitet ganz langsam nach oben.

Die andere versucht, Stellas Bluse zu öffnen. Doch Stellas Plan ist an diesem Morgen ein anderer. Sanft drückt sie ihn von sich und flüstert ihm charmant ins Ohr:

„Ich habe in zehn Minuten einen Termin, lass uns diese ‚Besprechung‘ später fortführen.“

Wie bitte? Was für eine Besprechung? Du widersetzt dich deinem Herrscher, lässt ihn so in diesem Zustand sitzen?

„Ja, genau, dieser Zustand ist eine Genugtuung für all die Abende, an welchen du mich hast warten lassen! Wie einfach doch die Retourkutsche ist!“ Adams etwas hilfloser Zustand verunsichert ihn.

„Was für einen Termin, ich meine, wann bist du wieder da?“

Stella beugt sich mit leuchtenden Augen vor zu ihm, ihr Mund berührt ganz leicht sein Ohr und flüstert ihm Folgendes zu:

„Bald.“

Sie läuft, nein, sie schwebt geradezu Richtung Tür und Adams Blicke weichen nicht von ihrem Körper.

„Stella! Du siehst heute umwerfend aus, ich warte auf dich!“

Ohne sich umzudrehen und mit einem verschmitzten Grinsen im Gesicht, verlässt Stella den Raum.

Die Höhle des Löwen hat sie nun hinter sich gelassen, aus dem Löwen mal schnell einen zahmen Kater gemacht und ihr Vorhaben zur eigenen tausendprozentigen Zufriedenheit ausgeführt.

„Stella Vernaci, du siehst heute umwerfend aus. Du hast ihn, Engel! Das muss mir erst einmal eine Kandidatin nachmachen!“

So ein Erfolg muss gefeiert werden! Ihr Termin betritt gerade das Café. Martina und Graziano umarmen ihre Freundin herzlich.

„Himmel, willst du die Männerwelt verrückt machen mit deinem scharfen Outfit?“

Martinas Augen scannen im Rekord ihr Äußeres. Stellas Selbstbewusstsein ist nun auf dem Höhepunkt.

„Es reicht, wenn ich einen Mann verführe …“

Alarmstufe rot! Martinas Gesichtsfarbe ändert sich und bevor Graziano sie stoppen kann, legt sie los.

„Du hast es dir wohl echt zur Lebensaufgabe gemacht, sein Herz zu gewinnen! Was für eine Verschwendung bei so einer scharfen Braut!“

Ach, Martina! Wann lernst du es endlich? Des Rätsels Lösung lautet: ***Auf Graziano hören, auf Graziano hören, auf Graziano hören!***

„Bella, du siehst hinreißend aus! Mach ihn fertig, ob er will oder nicht, er gehört dir!“ Graziano küsst seine kleine Freundin. Stella ist Martina allerdings noch eine Antwort schuldig.

„Schatz, das, was ich mit ihm habe, ist einfach besonders. Verstehst du, das Leben mit ihm ist wie eine Achterbahn: einen Tag rauf, einen Tag runter, dann wieder rauf …“

Martina hört nur mit einem Ohr zu – längst hat sie den Auspuff gehört und ihr „bester Freund“ parkt gerade vor dem Café.

„Tja, und heute ist wohl wieder ein Tag, wo es abwärts geht.“

Sie deutet mit ihrem Kopf auf den heranfahrenden Porsche. Im Porsche sitzt Adam, neben ihm eine attraktive Schwarzhaarige.

Martina beugt sich zu Stella.

„Weißt du, was so besonders an ihm ist? ***Nichts!***"

Selbst Graziano widerspricht diesmal nicht. Auch wenn er Stella beschützen will, muss er Martina recht geben. Stella blickt versteinert in das Innere des Wagens. Adam erwidert ihren Blick. Er bleibt kurz stehen, dann steigt er aus dem Auto und läuft zu Stella. Martina und Graziano würdigt er keines Blickes.

„Hey, ich, ähm, habe jetzt noch Besichtigungstermine mit der Kundin. Wann bist du denn wieder im Büro?"

Stella, froh darüber, ihren Freund Graziano neben sich zu spüren, antwortet:

„In einer halben Stunde."

„Gut, dann sehen wir uns später."

Er geht, setzt sich in sein Auto und braust davon.

Welch einen schlechten Energiefluss er hinterlassen hat, bekommt in wenigen Minuten Graziano zu spüren, denn irritiert hört er sich sprechen:

„Engel, ich erzähle dir zwar, dass ich jetzt noch Besichtigungstermine habe, aber in Wahrheit werde ich mir die nächste Stunde das Hirn herausvögeln und danach werde ich dich richtig hart herannehmen!"

Drei fassungslose Gesichter an einem Tisch. Graziano fassungslos darüber, was er gerade gesagt hat, Martina fassungslos, dass er überhaupt so etwas gesagt hat, und Stella? Die ist fassungslos, dass ihr Plan tatsächlich nicht aufgegangen ist. Bissig wendet sie sich an Graziano:

„Spricht da der Neid aus dir?"

Martina bemüht sich, erst gar nicht zu antworten. Zu sehr genießt sie Grazianos Zustand, an welchen sie sich durchaus gewöhnen könnte. Es gelingt ihm jedoch, seine komplette Wut zu bändigen.

„Stella, nur aus einem Grund, und zwar weil ich dich so sehr liebe, verzeihe ich dir deine Dummheit, was Adam angeht. Vergiss aber nicht, dass du schlauer bist als er, zeig ihm das zur Abwechslung doch einmal."

Stella ordnet im Rekordtempo ihre Gedanken. *„Zeig ihm das zur Abwechslung doch einmal ... stimmt! Graziano hat recht!"* Liebevoll sieht sie ihren Freund an.

„Was machst du heute Abend?"

„Warum?" Graziano ist etwas verwirrt. Die sekundenartigen Gefühlsschwankungen von Stella sind ihm nicht ganz geheuer.

„Wie wäre es, wenn wir gemeinsam essen gehen? Hätte mal wieder Lust auf einen unterhaltsamen Abend mit meinen Freunden."

Martina antwortet kurz und knapp:

„Sorry, hab' schon was vor."

Und nun ist Graziano dran, seine Gedanken im Rekordtempo zu ordnen. *„Tut sie das jetzt, um ihm zu imponieren, oder vermisst sie ihre Freunde tatsächlich?*

Vielleicht brauchte sie das auch einmal, eine gehörige Abreibung von mir, um den Tatsachen ins Auge zu sehen! Tja, Martina, vielleicht sollte ich zur Abwechslung auch mal auf dich hören!" Er blickt in Stellas erwartungsvolles Gesicht.

„Heute Abend gehöre ich dir, Bella. Aber du wolltest doch später noch ins Büro!"

„Ja, das wollte ich, aber aufgrund des Umstandes musste mein Plan kurzfristig geändert werden."

Stella steht auf und murmelt:

„Unwichtig."

Sie verabschiedet ihre Freunde und geht.

Sie haben eine Mitteilung, Stella.

„Treffen uns um 8.00 Uhr im ‚Il Tartufo'! Freu mich!"

„Im ‚Il Tartufo'? Wo die Weltherrscher mit den jungen naiven Mädchen den teuersten Wein genießen?"

Sie haben drei Mitteilungen, Graziano.

„‚IlTartufo' ist heute geschlossene Gesellschaft, lass uns woanders hingehen."

„Spinnst du? Natürlich gehst du mit ihr ins ‚Il Tartufo'! Das ist die Möglichkeit, damit sie sieht, was für ein Arschloch er ist!"

Martina lässt mal wieder ihren kompletten Charme spielen. Graziano blickt verzweifelt in seinen Hörer.

„Martina, es ist Ewigkeiten her, dass ich mit Stella einen Abend verbracht habe. Warum sollte ich sie quälen?"

„Weil sie gequält werden möchte!"

Graziano kann sich das Grinsen nicht verkneifen.

„Du meinst, so wie dein Freund von dir?"

Martina blickt auf ihren Schatz, welcher ihr liebevoll die Füße massiert.

„Ruft mich ja nicht an, wenn euer Liebeskummer euch wieder umbringen sollte!"

Graziano grinst.

„Ich liebe dich, meine kleine Zicke!"

Er legt auf.

Martina schüttelt genervt den Kopf; mit einem letzten zufriedenen Blick auf ihren Freund schließt sie ihre Augen und wünscht sich, dass doch alle so denken würden wie sie.

Doch um wie viele nervenaufreibende Liebesgeschichten wäre dieser Planet dann ärmer? Um eine ganz Besondere definitiv!

Während Adam den teuersten Wein im ‚Il Tartufo' bestellt, sitzt Graziano mit seiner lieben Freundin in einem kleinen Restaurant am Rand von München.

„Warum so weit? München hat doch genügend Restaurants."

Graziano hat natürlich eine Ausrede parat.

„Weil ich dich in ein ganz besonderes Restaurant ausführen wollte; hier gibt es nämlich die besten Antipasti."

Stella sieht Graziano nachdenklich an. *„Welch ein Luxus, so einen guten Freund zu haben! Was wohl Adam jetzt macht? Wäre schön, wenn er da wäre ...!"*

Gott sei Dank kann Graziano Stellas Gedanken nicht lesen.

„Ich kann dir gar nicht beschreiben, wie schön es ist, meine liebe Freundin Stella wieder vorzufinden. Ich meine, deine optische Veränderung ist zwar bombastisch, aber innerlich hatte ich die letzte Zeit öfter das Gefühl, meine Freundin verloren zu haben ..."

„Rrrr", das Handy klingelt. Und wer ist wohl in der Lage, diesen vertrauten Moment zu stören? Natürlich, Adam! Unerwartet musste er seine attraktive Begleitung früher verabschieden – die Antipasti haben dem sonst salatverwöhnten Magen ordentlich zugesetzt – und da der Abend noch jung ist, versucht Herr Brandt die restliche Zeit neu zu planen.

„Ja, bitte?"

Stella hat seinen Namen natürlich schon längst gesehen.

„Hi, ich wollte nur sagen, dass ich im Büro bin", und Stella hört sich antworten: „Oh, du, ich komme heute nicht mehr!"

Adams Verwirrung taucht in letzter Zeit öfter auf! Diese Hinhaltetaktik nervt ihn, scheint zu Stellas Gunsten jedoch zu funktionieren.

„Wo bist du denn?"

„Ich bin gerade beim Essen mit guten Freunden."

„Was für gute Freunde?"

„O. k., ich bin dann später zu Hause, gehe heute nirgendwo mehr hin. Komm doch nach dem Essen vorbei, ich habe ein paar DVDs zu Hause!"

„Oh Mann, DVD-Abend mit Adam – auf der Couch liegen, kuscheln ...“

„Mal schauen, ich melde mich.“

Graziano sieht sie an.

„Oh Gott, Stella, du bist wirklich eine grottenschlechte Schauspielerin!“ Er weiß, dass er jetzt in diesem Moment handeln muss, denn Stella ist bereits nur noch körperlich anwesend.

„Bella, ich habe ganz vergessen, eine Freundin heute zu besuchen. Bist du mir arg böse, wenn ich mich jetzt schon verabschiede?“

„Graziano, du bist wirklich mein allerbester Freund.“

Stellas Erleichterung ist kaum zu übersehen. „Nein, überhaupt nicht, bin auch schon etwas müde vom Wein.“

Der DVD-Abend endet mit Sex und Stellas Höhepunkt will kein Ende nehmen, denn sie weiß, heute Nacht schläft sie neben dem Mann ein, welcher ihr Herz seit nun mehr als zwei Jahren höher schlagen lässt. Vielleicht dauert der Höhepunkt diesmal sogar bis zum gemeinsamen Frühstück an! Die Hoffnung stirbt bekanntermaßen zuletzt ...

Stella wacht neben Adam auf. Einen langen Moment beobachtet sie ihn beim Schlafen. Sie steht auf, duscht, legt sich wieder ins Bett. Adams Handy klingelt. Im Halbschlaf hebt er ab und führt ein kurzes Telefonat.

„Hallo!“ „Wann?“ „So in einer halben Stunde, bis gleich.“

Stella beugt sich über ihn.

„Guten Morgen, Schlafmütze.“

„Oh, Mann, Stella ist noch da?“ Adam brilliert nicht unbedingt mit einer ansteckenden Morgenlaune. Kühl antwortet er ihr:

„Guten Morgen, bist du noch nicht im Büro?“

„Heute ist Samstag, da, denke ich, ist es nicht so wichtig, dass ich früh im Büro bin.“

„Sind ja ganz neue Töne von dir!"

Er läuft Richtung Bad. Stella läuft ihm hinterher.

„Ich wollte sowieso gleich gehen. Kommst du dann auch? Kann uns ja Frühstück zubereiten im Büro!"

„Komme irgendwann später, habe jetzt erst einmal einen Termin."

Er schließt die Tür. Stella steht verloren im Flur.

Leise murmelt sie:

„Ich geh' dann mal."

Als Antwort hört sie die Wassertropfen aus der Dusche.

Und da ist er schon wieder, dieser stechende Schmerz in der Magengegend, dieses Herzrasen, diese schweißnassen Hände und diese verdammten unkontrollierten Tränenausbrüche.

Doch dieses Mal hält der Zustand tagelang an. Die Tränen wollen nicht aufhören, der Schmerz wird so langsam unerträglich, das sinnlose Einführen von Nahrung nimmt stetig zu und all das schlägt natürlich auf das Gemüt. Stellas Leuchten, ihre positive Ausstrahlung verschwinden hinter einer ernsten Fassade.

„Seit Tagen läufst du mit einer Arroganz durch das Büro! Was soll das?" Adam ist so langsam von Stellas Launen genervt. Und diese bekommt er auch gleich erneut zu spüren. Ohne ihn eines Blickes zu würdigen, zischt sie:

„Ich weiß nicht, was du meinst."

Es bahnt sich wieder eine enorme Anspannung an. Adam stellt sich vor sie, sein Atem wird schneller und seinem Gesichtsaudruck nach zu urteilen ist eine enorme Wut in ihm. Warum eigentlich? Ist er mit der Situation überfordert? Damit, dass Stella vielleicht doch eine größere Rolle in seinem Leben spielt, als ihm lieb ist? Oder ist es die Tatsache, dass sie gefälligst den lieben langen Tag die Gutgelaunte mimen muss, um seine Welt perfekt wirken zu lassen?

„Bilde dir nicht ein, dass ich deine Launen dulden werde!"

Für einen Moment wirkt es fast so, als ob Stella diese Auseinandersetzungen mit ihm braucht. Ist es eine Genugtuung für sie, ihn zu provozieren? Erleichtern ihr diese Momente all den Schmerz? Sie weiß es nicht, kann jedoch nicht aufhören, ihn mit Ignoranz und Arroganz anzusprechen.

„Was für Launen? Wenn du meine Arbeit kritisieren willst, dann nur zu!"

Doch Adam wird wieder siegen und den Sieg wird er mit einem einzigen Satz für sich entscheiden können.

„Schickes Kostüm, aber mit fünf Kilo weniger würde es dir besser stehen!"

Was bleibt ihr jetzt noch? Sie war sich so sicher, ihn mit den Waffen einer Frau stets für sich gewinnen zu können und wenn es nur kurze Momente sind, doch jetzt bemängelt er auch noch ihr Äußeres und weiß gar nicht, was er mit diesen Worten angerichtet hat.

Eine letzte Beleidigung kann sie in all ihrem Schmerz noch loswerden:

„Fang bei deinem Spiegelbild an, da gibt es erheblich mehr auszusetzen. Arschloch!"

Dann wird sie von den herankommenden Kaufinteressenten von diesem schmerzvollen Zustand – zumindest für kurze Zeit – erlöst, denn beide, Stella wie auch Adam, glänzen mit einem perfekten Auftreten, welches dazu führt, dass die Wohnung noch vor Ort verkauft wird. Ein kleiner Erfolg, welcher die verletzenden Worte jedoch nicht wieder gutmachen kann.

Die Beleidigungen sitzen tief und haben an diesem Tag unglücklicherweise noch kein Ende genommen. Zu sehr steckt die Wut in beiden, die Unsicherheit, woher diese Aggressionen gegeneinander kommen! Die Tatsache, wie wichtig beide füreinander sind, lässt Adams Wut noch mehr steigen, denn dieses Gefühl passt nicht in seine perfekt ausgerichtete Welt.

Während Stella innerlich total aufgewühlt in ihrem Büro sitzt, betritt Adam ihr Zimmer.

„Ich brauche die Finanzierungsunterlagen vom Kunden Borstel."

Stella sieht ihn mit kaltem Blick an, dann wendet sie sich wieder ab, ohne ein Wort zu sagen. Ihr Herz rast, die Luft in dem Raum wird immer dünner, bis Adam ausrastet. Ihre Ignoranz macht ihn wahnsinnig. Er schlägt um sich, reißt die Ordner aus den Regalen, schlägt mit der Hand gegen einen Hefter und verletzt sich in diesem Moment. Stella verzieht keine Miene; ernst sieht sie ihn an. Sie holt tief Luft; Adam wird ruhig. Sie reicht ihm Taschentücher, um das Blut aus seiner verletzten Hand zu stoppen. Wortlos nimmt sie seine Hand und die fürsorgliche Stella bricht aus ihr heraus.

„Ich rufe den Arzt an, die Wunde ist zu tief."

Adam reißt seine Hand weg und versucht, sich selbst zu beruhigen. Stella wählt die Nummer vom Arzt.

„Du kannst sofort hinkommen – soll ich dich fahren?"

Adam sieht sie an. Er kann in ihrem Gesicht nichts erkennen! Das ist es! Stella himmelt ihn nicht mehr an! Ihr Lächeln, ihr Leuchten in den Augen, ihr verliebter Blick – er erkennt ihn nicht.

„Nein, danke."

Er verlässt das Büro. Die Wut steckt ihm tief in den Knochen.

Ein junges Paar hat sich heute einen Traum vom Eigentum erfüllt. Ein weiteres durfte stolz die Schlüssel ihrer fertig gestellten Wohnung übernehmen. Ein Geschäftsmann unterzeichnete den Kaufvertrag für sein Haus. Eine Handwerkerfirma freute sich über einen neuen großen Auftrag und der Glücksbote für all diese schönen Momente, die Brandt Bauträgergesellschaft, brilliert mit zwei verlorenen Seelen, welche sich gegenseitig das Leben schwer machen.

Adam verzichtet diesen Abend auf ein exklusives Restaurant-Dinner. Und Stella? Sie steht leer und kraftlos vor dem Spiegel, fährt mit ihrer Hand ihren Po und ihre Oberschenkel entlang. Sie drückt die Hosen so zusammen, damit ihre Oberschenkel dünner aussehen. Sie wirkt traurig. Irritiert läuft sie durch ihre Wohnung, bleibt in der Küche stehen und sieht sich um. Sie öffnet die Kühlschranktür. Den gesamten Inhalt entleert sie und wirft ihn in den Müll.

Neuer Tag, neue Überraschungen. Der enorme Arbeitsaufwand, welchen dieses Unternehmen tagtäglich mit sich bringt, lässt all die Qualen vergessen. Vertieft in ihre Geschäftsbriefe sitzt Stella an ihrem Schreibtisch. Barbara betritt den Raum.

„Stella, eine Arzu steht vor der Tür bezüglich Lehrstelle!"

„Was?"

Arzu betritt den Raum.

Selbstbewusst läuft sie auf Stella zu und reicht ihr die Hand. Stella sieht sie nur fragend an.

„Hi, mein Onkel ist nicht da?"

„Dein Onkel?"

Nun bemerkt auch dieses junge unbekannte Ding Stellas fragendes Gesicht.

„Oh, entschuldige! Wie ich sehe, bist du bestens informiert? Sorry, ich bin Arzu, Adams Nichte, na ja und laut meines Wissens ist heute mein erster Arbeitstag."

Stella blickt sprachlos auf das junge, energische Ding, welches ihr ins Gesicht grinst, dann auf ihren Koffer, welchen sie hinter sich her zieht, und bevor sie antworten kann, setzt Arzu noch einen drauf:

„Ich gehe mal schwer davon aus, dass du nicht weißt, dass ich die nächste Zeit, bis ich was Eigenes gefunden habe, bei dir einziehe?"

Stella ist erstaunlich ruhig. Wortlos nimmt sie den Hörer und wählt geistesgegenwärtig Adams Nummer.

„The person you are calling is temporarily not available!"

Stella grinst, doch dieses Grinsen erinnert mehr an eine Wahnsinnige. Arzu erkennt den Ernst der Lage – diese Feinfühligkeit scheint wohl in der Familie zu liegen – und fügt hinzu:

„Also, die wahren Worte von meinem Onkel waren: ‚Du kannst bei meinem Schatz einziehen oder bei mir, bis wir für dich eine Wohnung gefunden haben'!"

„Schatz ... ***wir ...*** *Schatz,* ***wir ...***" Wahnsinn, was einige Worte bei einer verliebten Frau ausrichten können.

„Ach ja, hat er das gesagt?"

„Na ja und weißt du, ich würde viel lieber bei dir einziehen ..., weil mit dem Onkel in einer Wohnung ..."

Sie verzieht das Gesicht.

Dabei bedarf es keiner weiteren Umschmeichelung, Überredung und Schönrederei, denn sie hatte ja die Schlagworte schon genannt, ohne es zu wissen: „Mein Schatz" und „wir".

Stellas Aufmerksamkeit gilt nun diesem kleinen, ihr noch unbekannten Mädchen, welches einen großen Vorteil hat: Sie ist die Nichte von Adam und Stella wittert nun die nächste Chance.

„Komm erst mal mit, ich bring' dich zu meiner Wohnung, dann kannst du deine Sachen auspacken."

Sie verlassen beide das Büro. Im Vorbeilaufen spricht Stella Barbara an:

„Ich bin in 20 Minuten wieder da."

Barbara grinst, dankbar für ein weiteres Kapitel der „Stella-und-Adam-Geschichte".

Zwanzig Minuten später ist auch Adam im Büro eingetroffen und Barbara bereit für ein weiteres kostenloses Schauspiel mit dem Titel „Kampf der Giganten". Stella läuft seelenruhig zu Adam ins Büro.

„Ich habe Arzu bereits bei mir einquartiert."

Adam ist verwirrt. Wo bleibt ihr Wutausbruch?

„Sorry, habe ich ganz vergessen zu sagen …"

„Habe ich natürlich absichtlich nicht gesagt, um dich zu provozieren, um dir zu zeigen, dass ich hier das Sagen habe und Entscheidungen fälle, ohne mit dir darüber zu reden! Wo bleibt dein gottverdammter Wutausbruch?

„Ich fahre übers Wochenende weg. Arzu hat meine Schlüssel. Ansonsten kannst du dich ja um deine Nichte kümmern, falls sie was braucht."

Dein Wutausbruch! *„Was hat sie gerade gesagt?"*

„Du fährst weg?"

„Ja, ich fahre nach Italien, brauche dringend Urlaub!"

„Ja, verstehe … Brauchst du Geld?"

„Natürlich braucht sie Geld, ohne mich ist sie aufgeschmissen! Wie viel verdient sie eigentlich? So viel, um auf mich und diese Firma verzichten zu können? Adams Gedanken befinden sich auf einer Achterbahnfahrt und schon hört er die nächste Aussage, welche seine Nervosität steigen lässt.

„Danke, nein, bin bestens versorgt!"

Das Gute an so einem Altbau sind die dünnen Wände und Barbara war sich fast sicher, Adams Gedanken bei diesem Gespräch gehört zu haben.

„Die zwei haben sie nicht mehr alle." Sie grinst vor sich hin, verspürt jedoch etwas Mitleid für Stella.

„Wie lange die wohl dieses Affentheater noch mitmacht?"

Noch sehr lange …

Arzu begutachtet ihr neues Zuhause. Die perfekt eingerichtete Wohnung hat es ihr sofort angetan. Sie öffnet das Fenster, schließt ihre Augen und riecht förmlich die Großstadtluft. Da sie ursprünglich aus der Kleinstadt Augsburg kommt, beginnt für sie nun endlich der Traum vom Großstadtleben. Sie blickt auf den Innenhof und entdeckt Stella, welche ihre Reisetasche im Kofferraum von Grazianos Sportwagen verstaut. Stella sieht nach oben, winkt Arzu kurz zu und steigt in den Wagen. Der Sportwagen fährt los und Arzus Pläne für die Zukunft sind schon geregelt: Ein Wochenende in Italien mit so einem attraktiven Kerl, Shopping, ausgehen, feiern, ausschlafen …
„Du machst erst einmal deine Lehre und kümmerst dich weniger um die Männerwelt, das Ausgehen und Shopping! Haben wir uns verstanden? Hier ist übrigens die Nummer von Nora, unserem ersten Azubi. Ruf sie an, vielleicht könnt ihr euch vorab treffen, um euch kennen zu lernen!“

Adam wirkt sehr ernst.

„Hast du eigentlich mitbekommen, mit wem sie weggefahren ist?“

„Wer? Deine coole Sekretärin? Natürlich! Gut aussehender Typ mit einem geilen Sportwagen. Also, wenn es mehr von solchen Typen hier gibt, dann ist München eindeutig meine Stadt!“

Adam spürt eine gewisse Unruhe in sich.

„Du hast doch verstanden, was ich gerade zu dir gesagt habe?“

Doch Arzu nimmt ihn nicht wirklich ernst.

„Selbstverständlich, Onkel!“

Adams Gedanken sind auf unerklärliche Weise in Italien gelandet.

Italien, berühmt für sein gutes Essen und hervorragenden Wein, ist ein beliebter Urlaubsort, besonders für die gestressten Geschäftsleute. Die Restaurants sind bis auf den letzten Platz reserviert, die Cafés voll mit wild gestikulierenden, gut aussehenden Italienern und Italienerinnen, die Kinder dominieren auf den Straßen und die Omas und Opas beobachten das ganze Geschehen zufrieden sitzend auf ihren kleinen Hockern. Ein Ort, um seine Seele baumeln zu lassen und die Schönheit des Moments zu genießen.

„Findest du das förderlich, dich von zwei Salatblättern zu ernähren?"

Graziano blickt traurig und etwas genervt zu Stella. Die beiden sitzen in Grazianos Familienrestaurant mitten in Verona, doch Stella registriert weder die südländische Atmosphäre noch die Tatsache, dass sie eigentlich Urlaub hat.

„Ich habe keinen Hunger."

„Wenn ich dich ansehe, vergeht mir auch langsam der Appetit."

Er winkt seine Tante zu ihrem Tisch, welche das Restaurant seit Jahren erfolgreich führt, und bittet sie, abzuräumen. Stella ist nach wie vor abwesend, starrt ins Leere.

„Warum funktioniert es nicht? Warum kann es nicht so sein wie am Anfang?"

Graziano leidet mit seiner Freundin. Es macht ihn unglaublich traurig, sie so zu sehen. Er nimmt ihre Hand und versucht, liebevoll auf sie einzureden.

„Bella, Liebe kann man nicht erzwingen!", doch Stella bleibt stur.

„Ich verlange doch nichts!"

„Vielleicht ist das genau dein Fehler! Wenn dein Herz für ihn schlägt, dann sage ihm das offen. Und wenn er nicht darauf eingeht, dann weißt du, woran du bist!"

Seine Stimme wird nun aufdringlicher; zu sehr wünscht er sich, dass seiner Freundin dieser Herzschmerz erspart bleibt.

Doch Stella trägt nicht wirklich dazu bei, diesen Wunsch wahr werden zu lassen.

„Ich will nur eine schöne Zeit mit ihm verbringen, ich will ihn nicht heiraten."

„Kleines, was tust du dir nur an?" Graziano sucht nach den richtigen Worten.

„Du führst doch einen Kampf mit dir selbst. Lass dir von mir etwas sagen: Dein Herz kannst du nicht täuschen. Also spiele nicht mit deinem Herzen, denn wenn es gebrochen ist – und du bist auf dem besten Weg dahin –, dann hast du den Kampf endgültig verloren!"

Sie haben eine Mitteilung, Adam.

„Viel Spaß noch. Ich denke an dich, Adam."

Mit tränengefüllten Augen zeigt sie Graziano die SMS.

„Siehst du, er braucht mich!"

Graziano merkt eine leichte Wut in sich. Er nimmt ihr das Handy weg.

„Oh Mann, Stella! Du schaltest dein Handy ab heute aus, weil du das Wochenende mir gehörst!"

Und so ein Wochenende kann lange dauern, wenn es ausschließlich dazu dient, jemanden von seinem Liebeskummer abzulenken.

Hunderte Kilometer entfernt dient dieses Wochenende dazu, einen Weltherrscher nachdenklich werden zu lassen. Adam verbringt die ganze Zeit im Büro. Still und nachdenklich sitzt er an Stellas Arbeitsplatz. Sie ist nicht da und das macht ihm Angst, denn Stella ist sonst immer da. Das erste Mal nimmt er die Büroeinrichtung wahr. Stella hat diese ausgesucht. Das Ablagesystem in den Regalen hat Stella erschaffen. Die letzten Verkäufe erfolgten aufgrund ihrer charmanten Verhandlungsart. Er öffnet ihre Schublade und das Schild, beschriftet mit „Stella Vernaci Prokuristin", sticht ihm ins Auge. Eine Position, welche sie so sehr verdient hätte und welche ihr durch seinen Egoismus verwehrt blieb. In ihrem Zimmer liegt noch ihr Duft, welchen Adam tief einzuatmen versucht, und jetzt, wo sie weg ist, merkt er, wie wichtig sie in seinem Leben ist – in diesem erfolgsverwöhnten, ungezwungenen Leben. Er braucht sie, wenn er dieses Leben weiterführen möchte, und wenn er ganz genau auf sein Herz hören würde, dann wüsste er, dass sein Herz Stella braucht ... Doch jemand, der auserwählt wurde, um die Welt zu regieren, kann sich solche Gefühlsausbrüche nicht leisten.

Oder vielleicht doch?

Mit gemischten Gefühlen tritt Stella ihre Heimreise an. Graziano hatte es tatsächlich geschafft – wenn auch nur für einige Momente –, sie abzulenken. Doch jeder Kilometer, welcher sie ihrem Zuhause, der Firma inklusive Adam näher brachte, verursachte den ihr bereits bekannten Magenschmerz inklusive Herzrasen. Was genau erwartet sie? Wie geht es weiter? Seltsam, nie zuvor hatte sie sich Gedanken über die Zukunft gemacht; vielmehr hat sie im Moment gelebt, unabhängig davon, was am nächsten Tag war. Doch morgen wird sie eine Überraschung erleben ...

Gewaffnet für den Büroalltag betritt sie die Brandt Bauträgergesellschaft. In ihrem Zimmer angekommen, wird sie erst einmal von einem riesigen Blumenstrauß aufgehalten, bestückt mit einer Postkarte: „Danke, dass es dich gibt, Adam." Und der Verursacher ist auch nicht weit: Adam steht vor ihrer Tür.

„Guten Morgen."

Stella zittert, dreht sich um und sieht ihn schüchtern an.

„Guten Morgen."

Was nun folgt, übertrifft ihre kühnsten Träume. Adam läuft auf sie zu und küsst sie. Stella ist fassungslos. Statt den Moment zu genießen, hört sie sich reden:

„Dir ist doch klar, dass jeden Moment jemand ins Zimmer kommen kann?“

Adam unterbricht nur ungern diesen romantischen Moment.

„Dann sollten wir auf jeden Fall weitermachen – oder sollen die anderen das etwa nicht sehen?“

Stella ist im wahrsten Sinne des Wortes sprachlos und Adam erst am Anfang seiner romantischen Darbietung.

„Heute Mittag hole ich dich ab. Ich habe eine Überraschung für dich.“ Er gibt ihr einen Kuss auf die Stirn und flüstert ihr ins Ohr: „Du siehst bezaubernd aus!“

So ungefähr muss sich die freudige Mitteilung „Sie haben im Lotto gewonnen“ anfühlen. Jahrelang träumt sie von einem Gewinn, malt sich aus, wie sie das Geld anlegt, ob sie sich zuerst das Haus kauft und dann den Ferrari, und während dieser wichtigen Entscheidungsphase wird der Traum plötzlich wahr.

Leider kann Stella diesen nicht genießen, weil sie sich in einem schockähnlichen Zustand befindet! Das Glück, die Vollkommenheit überrumpeln sie so sehr, dass sie nur noch einen Wunsch verspürt: zurückzukehren in ihre Traumwelt!

Stella muss sich allerdings von ihren Tagträumen verabschieden, denn sie befindet sich fortan in der Realität.

Stella und Adam – was verbindet die beiden am meisten? Natürlich die Firma, und es gibt nichts Schöneres, als den Erfolg des Unternehmens zu teilen! Der silberne Porsche bleibt vor einem herrschaftlichen Gebäude stehen.

„Die Prinzregentenstraße!“

Stella ist begeistert! Im Gegensatz zu ihren Mitstreiterinnen, welche ausschließlich beim Anblick einer neuen Schuhkollektion Begeisterungsschreie von sich lassen, steigt Stellas Puls beim Anblick einer neuen Immobilie.

„Ich habe sie zu einem Spottpreis bekommen!"

Adam, stolz wie Oscar, blickt zufrieden auf sein neues Baby und wendet sich dann Stella zu. Genau so mag er sie: voller Bewunderung für ihn! „Na, bist du stolz auf mich?"

Er legt den Arm um sie und der belebten Prinzregentenstraße bietet sich ein Bild von Glück und Reichtum. Stella ist in ihrem Element.

„Erst, wenn ich die Fakten kenne!"

Adam nimmt ihre Hand und läuft durch den herrschaftlichen Eingang. Die Treppe abwärts, betreten sie einen wunderschönen Kellerraum, welcher durch ein großes Gewölbe in Ziegelmauerwerk erstrahlt. Adam lässt Stellas Hand nicht los.

„Ist das nicht der Wahnsinn? Weißt du, wie alt dieses Gebäude ist?"

Stellas Begeisterung wird kurz durch ihren Verstand unterbrochen.

„Nein, das weiß ich nicht, aber was ich weiß, ist, dass dieses Objekt dein finanzieller Erfolg wird."

Adam sieht sie eindringlich an und zum Glück bewegen sich seine Lippen nicht zu seinen Gedanken.

„Ach, Kleines! Als ob ich nicht wüsste, was du gerne hören möchtest!"

„***Unser Erfolg,*** Stella, das wird unser Erfolg!"

Warum zum Teufel ist Stella jetzt nicht in der Lage, diesen Moment zu genießen, den Moment der Vollkommenheit, der grenzenlosen Liebe, den Moment des gemeinsamen Erfolgs? Wahrscheinlich, weil es sich hier um die weibliche Spezies handelt und diese bekanntermaßen mit der berühmten ***weiblichen Intuition*** ausgestattet ist.

„Mal sehen, was passiert! Mal sehen, ob ich doch nur träume oder mittlerweile schon halluziniere! Hat er tatsächlich, ***unser Erfolg' gesagt? Hat er mich tatsächlich geküsst, einfach so?"***

Während Stella auf dem Beifahrersitz aus dem Fenster sieht, scheint ihr Gedankengang kein Ende zu nehmen.

Adam genießt ihre etwas verwirrte Stimmung – schließlich gibt es für ihn nur eine Vollkommenheit: die Macht über alles und jeden zu haben, obwohl ihn dieses Herzrasen, welches sich in letzter Zeit so langsam eingeschlichen hat, schon irritiert, denn es taucht ausschließlich in Stellas Anwesenheit auf!

Stella ist gerade dabei, aus dem Auto zu steigen, da ertönt auch schon Adams Stimme:

„Kommst du noch zu mir?“

Das ist zu viel für Stella, sie ist doch gerade dabei, das ***wir*** und ***unser*** zu verarbeiten!

„Nein, ich habe schon was vor.“

Und ihre blitzartige Antwort klingt schon fast panisch. Nachdem sie ihre Nervosität nicht verbergen kann, nimmt Adam dies weniger als Absage auf. Mit einem Lächeln und irgendwie zufrieden verabschiedet er sich:

„O. k., dann sehen wir uns morgen.“

„Ja, bis morgen.“

Stella schließt die Tür hinter sich zu und beendet einen aufregenden Tag, welcher gezielt auf einen Neuanfang deutet.

Der Sommer in München erinnert eindeutig an einen Catwalk und die Präsentation sämtlicher Markenartikel, welche die Fashion-Welt zu bieten hat. Die neueste Brillenkollektion wird in verschiedenen Varianten von allen Cafébesuchern gratis vorgestellt, die manikürten Füße tragen den neuesten Trend vor und die trainierten, schlanken Körper sparen enorm an Kleidung, ganz nach dem Motto „Weniger ist mehr“. Die Männerwelt ist also bestens bedient, doch ein Bewunderer fehlt! Adam sitzt mit ***seiner*** Stella auf dem firmeneigenen Balkon. Die beiden studieren die Geschäftsunterlagen für die kommende Woche durch und Adam wird von einer vollkommenen Zufriedenheit erfüllt. Doch so einfach will die Schickimicki-Gesellschaft nicht auf ihr bestes Pferd im Stall verzichten. Samuel versucht, das verlorene Mitglied zu finden – und er wird fündig. „Adam sitzt mit Stella auf der Terrasse. Ich denke, es ist kein Problem, sie kurz zu stören."

Die Empfangsdame sieht Samuel verträumt hinterher. Wenn sie doch nur etwas jünger wäre …

Samuel läuft zur Terrasse.

„Na, das sieht ja wichtig aus. Störe ich etwa bei einem wichtigen Geschäftsgespräch?"

Stella lächelt ihn an.

„Nein, natürlich …", und prompt wird sie unterbrochen:

„Doch, tust du!"

„Hä? Wie bitte?"

Adam fühlt sich von Samuel gestört. Dieser sieht ihn verwirrt an.

„Ich wollte dich eigentlich abholen und zum Essen einladen."

Doch sein Freund Adam scheint heute nicht wirklich seine Gesellschaft zu bevorzugen.

„Sorry, keine Zeit. Außerdem wollte ich, nachdem wir hier fertig sind, mit Stella essen gehen."

„Was zum Teufel ist denn hier los?"

Doch Samuel will sich nicht weiter den Kopf zerbrechen – irgendeinen Grund wird es schon für sein seltsames Verhalten geben und früher oder später wird er diesen erfahren. Heute allerdings ganz dem Schein nach nicht. Samuel verspürt das dringende Bedürfnis, zu gehen.

„O. k., dann will ich nicht weiter stören. Ruf mich später an!"

„Und das solltest du dringend tun, Bruder, denn ich habe zwei ganz tolle neue Frauen aufgerissen!“

Adam würdigt ihn keines Blickes und murmelt

„Mach ich!“

Stella, gerade Zeugin der ersten großen Krise in einer echten Männerfreundschaft, lächelt Samuel hilflos zu

„Tschüss!“

Samuel geht in seine Welt zurück und Adam genießt sein Dasein in der ganz neuen Welt des Vertrauens, der Zweisamkeit und der Ruhe. Er nimmt das Telefon und wählt Noras Nummer:

„Nora, kannst du bitte einen Tisch reservieren für zwei, bei Fabrizio.“

Er sieht liebevoll zu Stella.

„In einer Stunde, ist das o.k.?“

Stella nickt.

Da sitzen sie nun, der Chef und seine Sekretärin – oder doch Geschäftspartnerin oder gar Freundin?

Beim Beobachten dieser zwei sich doch sehr seltsam verhaltenden Geschöpfe trifft eindeutig Letzteres zu.

Was für das Personal im ‚Il Tartufo‘ längst Routine ist, zaubert Stella ein wahres Lächeln ins Gesicht. Adam schiebt ihr den Stuhl vor, damit sie sich setzen kann, auf seine Anweisungen hin soll sich der Kellner ausschließlich um das Wohlbefinden von Stella kümmern und neben diesen ausgeprägten Gentleman-Gesten beherrscht es ein Herr Brandt auch noch hervorragend, seine Tischpartnerin zum Lachen zu bringen. Für Stella ein wahrer Traumtag; für all ihre unzähligen Mitstreiterinnen ein Tag wie jeder andere.

„Woher nimmt dieser Kerl nur diese Energie, alle Signoras gleich zu verwöhnen?“

Der Restaurantchef blickt fragend zu Adam. Dieser zahlt, wie immer mit einem großzügigen Trinkgeld, seine Rechnung, hält Stella die Tür auf und hinterlässt bei den restlichen Restaurantbesuchern neidische und bewundernde Blicke.

Da man bekanntermaßen gehen soll, wenn es am schönsten ist, verabschiedet er sich von Stella mit einem perfekt eingeübten Handkuss. Kurz vor Einstieg in sein Statussymbol wendet er sich noch mal an sie:

„Ach, Stella, ähm, ich bin morgen Abend bei Herrn Mayerhöfer eingeladen. Er feiert seinen Geburtstag" – er stockt – „und ich würde mich sehr freuen, wenn du mich begleiten würdest! O. k., bis morgen!"

Wahnsinn, wie schnell so ein Porsche verschwinden kann und Stella im Auspuffecho stehen lässt. Ist sie jetzt nachdenklich, glücklich oder fassungslos? Sie ist eigentlich immer noch dabei, das ***wir*** und ***uns*** zu verarbeiten, doch sollte Adam so weitermachen, dann müsste sie ihr Ziel endlich erreicht haben, sein Herz für sich zu gewinnen. Eine Siegerin schläft heute Nacht selig in ihrem Bett ein.

Wann ist sich eine Frau seiner Liebe sicher? Vielleicht, wenn er ihr Rosen schenkt? Sie anruft, um nach ihrem Wohlbefinden zu fragen? Sich nach dem Sex ganz lange an sie rankuschelt? Seinen Erfolg mit ihr teilt? Keine Geheimnisse vor ihr hat? All dies entspricht den klassischen Vorstellungen einer Frau – doch Stella ist ihren Leidensgenossinnen um einen Gedankengang überlegen, denn mit seiner heutigen Geste macht Adam ihr eindeutig den größten Liebesbeweis! Er überlässt ihr das Steuer seines heiligen Fahrzeugs.

„Engel, drück mal nicht zu sehr auf das Gaspedal!"

Doch auch ein Mädchen kann sich durchaus für schnelle Autos begeistern.

„Wo bleibt denn Ihre Risikobereitschaft?"

Sie dreht die Musik laut auf und gibt noch mehr Gas.

Das gefällt ihm. Eine Rebellin neben sich zu haben, welche gar nicht mal so schlecht aussieht und – nicht zu vergessen – ihm unglaublich vertraut ist. Zudem ist sie ja auch noch seine beste Freundin, seine Sekretärin, seine Geliebte … also doch seine ***feste*** Freundin?

Stella und Adam sitzen mit der Geburtstagsgesellschaft von Herrn Mayerhöfer an einem Tisch. Ein Geschäftsbekannter wendet sich Adam zu.

„Adam, ich wusste gar nicht, dass du so eine attraktive Lebensgefährtin hast!"

Herzrasen, Herzrasen, Herzrasen – doch dieses Mal aus reiner Verliebtheit. Trotzdem sieht Stella Adam fragend an und der weiß ganz genau, was er zu antworten hat, um Stellas Welt vollkommen zu machen:

„Dankeschön, das wusste ich bis vor Kurzem auch nicht."

Herr Mayerhöfer schließt sich überrascht dem Gespräch an.

„Also, nicht mehr länger nur Geschäftspartnerin?"

Adam ist wie immer in seinem Element.

„Viel mehr als das!"

Herr Mayerhöfer hebt sein Glas.

„Na dann, auf das ungleiche Paar!"

Er kann sich jedoch einen Kommentar nicht verkneifen und blickt zu Stella:

„Was finden Sie bloß an ihm?"

Mehr als ein Lächeln kann sie ihm jedoch nicht schenken – viel zu sehr ist sie damit beschäftigt, auf Wolke sieben zu schweben.

Auf der Rückfahrt ist außer leiser Musik nichts zu hören, doch es scheint perfekt zu sein, denn manche Momente benötigen keine weiteren Worte mehr. Der Porsche bleibt vor Stellas Tür stehen.

„Warum hast du mich heute mitgenommen?“

Tja, eine Frau ist nun mal eine Frau und selbst in den schönsten stillen Momenten muss noch mal alles hinterfragt werden. Und Adam als Mann? Na ja, da es sich bei Adam um einen Spezialfall handelt, ist seine Antwort nicht nur typisch, sondern sehr genau durchdacht.

„Weil du die Einzige bist, die diesen Platz einnehmen kann – den Platz neben mir!“

Er hat es geschafft. In wenigen Tagen hat er ihr unbewusst geholfen, ihrem Ziel näher zu kommen, sein Herz für sich zu gewinnen. Charmant verabschiedet er sich:

„Also, dann bis morgen!“

Stella beugt sich zu ihm vor, schaltet den Motor aus und gibt ihm einen zärtlichen Kuss auf die Lippen. Sie steigt aus dem Auto und läuft zur Tür, dreht sich um und sieht ihn unentschlossen im Wagen sitzen.

„Worauf wartest du?“

Adam steigt aus und läuft ihr hinterher. Diesem gemeinsamen Abend folgen nun viele – sehr zum Leiden von Samuel. Sein bester Kumpel hat sich rargemacht, seine aufregenden Abende mit den schönsten Frauen muss er nun alleine bewältigen; und während er trauert, erfährt Adam die Wichtigkeit einer Zweisamkeit, welche unterstrichen wird durch gemeinsames Kochen, gemeinsames Fernsehen, gemeinsames Einkaufen sowie stundenlanges Diskutieren auf der Couch über die Weltpolitik.

Stellas Liebe steigt täglich – und Adam? So langsam schleicht sich ein Gefühl von Freiheitsdrang ein …

Stellas Freunde dagegen befinden sich weniger in der Trauerphase, vielmehr können sie nicht glauben, dass der Chef sich endlich zu seiner Sekretärin bekennt.

Martina probiert in der Umkleidekabine eine Hose an.

„Seit drei Wochen versuche ich, Stella zu erreichen!“

Graziano blättert in der neuen Vogue und scheint nicht sehr überrascht zu sein.

„Und? Lass mich raten! Sie geht nicht ans Telefon!"

Martina kommt aus der Umkleidekabine.

„Was soll ich denn davon halten?"

Graziano seufzt und legt die Zeitschrift zur Seite. „Sie ist verliebt und so lange sie sich nicht meldet, ist es Adam wahrscheinlich auch!" Mit seinem Gesichtsausdruck gibt er ihr zu verstehen, dass die Hose nicht wirklich für sie gemacht wurde. Martina ist jedoch eher wütend über seine Prognose.

„Das glaubst du doch wohl selbst nicht!"

Graziano sucht nach anderen Hosen.

„Sie wird schon irgendeine Rolle in seinem Leben spielen! Vielleicht hat er einfach nur Angst, sich fest zu binden!"

„Und da kennst du dich ja richtig gut aus!"

Wütend reißt sie ihm die neu ausgesuchten Hosen aus der Hand. Graziano grinst.

„Wir sind alle Menschen mit Herz und Seele. Und selbst das größte Arschloch, wie du es charmant ausdrücken würdest, kann Liebe empfinden!"

Martina zieht sich die neuen Klamotten über und kommt aus der Umkleidekabine. Absichtlich hat sie diesen Kommentar überhört.

„Was hältst du von der Jacke?"

Graziano, stolz auf seinen guten Geschmack:

„Wie für dich gemacht!"

Es ist mittlerweile spät am Abend. Martina hat einen befriedigenden Shoppingtag hinter sich, Graziano speist bei seinem Lieblingsitaliener, Arzu trifft sich mit ihrem neuen Freund und Barbara gibt im Rekordtempo die neue Aufmaßplanung für die Prinzregentenstraße ein. Adam ist auf dem Weg von seinem letzten Kundengespräch nach Hause, mittlerweile auch dem neuen Zuhause von Stella. Irgendwie ist er da hineingeschlittert, überrollt von seinen Gefühlen und schließlich komplett überfordert mit dem ***wir*** und ***uns***. Nachdenklich läuft er die Treppe nach oben. Er betritt seine Wohnung und läuft ins Wohnzimmer.

Stella ist auf der Couch eingeschlafen. Er setzt sich auf den Sessel gegenüber und beobachtet sie. Zufrieden sieht sie aus – was man von ihm nicht behaupten kann. Er spürt eine gewisse Unruhe in sich. Gedankenverloren nimmt er sein Handy und sieht sich seine Mitteilungen an.

Anna schrieb: „Hey, war ein toller Abend gestern, hoffe bis bald."

Samuel schrieb: „Hey, Bruderherz, habe unsere Reise gebucht, auf la Dolce Vita."

Mara schrieb: „Morgen um 6? Freue mich schon …"

Nicht zu vergessen Sonja, Maya, Nuran, Sabine, Anja, usw., usw., usw.

Er sieht zu Stella, dann fällt sein Blick auf ein gemeinsames Foto von beiden. Stella hat es auf die Kommode gestellt. Sie war der Ansicht, die Zeit wäre reif, ein solches in die Wohnung zu stellen. Die Unruhe in ihm nimmt stetig zu; das ist nicht der Anblick, welcher ihn jetzt in diesem Moment glücklich macht. Er muss raus hier. Stella schläft. Einen letzten Blick auf sie gerichtet, verlässt er das Haus, ohne ein bestimmtes Ziel. Doch wofür ein Ziel? Es gibt so viel Aufregendes in dieser tollen Großstadt, das nur erlebt werden möchte.

Das „Il Tartufo" befindet sich in einem Glückszustand, Adams Erscheinen bringt sogar das Herz des Geschäftsführers zum Rasen, denn er hört seit Langem wieder die Kasse klingeln. Herr Brandt ist in seinem Element und die ersten weiblichen Geschöpfe sind von seinem Charisma bereits angezogen.

„Darf ich vorstellen? Adam Brandt, mein Bruder!"

Samuels Welt scheint wieder in Ordnung, endlich kann er die Schönheiten des Lebens wieder mit seiner besseren Hälfte genießen.

Die attraktiven Tischdamen erwartet ein einzigartiges Szenario, welches Charme, Komik und Luxus beinhaltet. „Ach, es gibt ja so viel nachzuholen." Sein Freiheitsdrang wird nun komplett gesättigt.

Stella wacht auf. Diese Couch sorgt nicht wirklich für einen angenehmen Schlaf. Ihr Nacken ist total verspannt. Im Halbschlaf läuft sie ins Schlafzimmer; das Bett ist leer. Sie sucht ihr Handy und sieht auf die Uhr – es ist 2.00 Uhr morgens. Sie wählt Adams Nummer – er geht nicht ran. Sie läuft zum Balkon raus. Sie läuft wieder ins Zimmer, lässt die Balkontür auf und legt sich ins Bett. Ihre Nervosität steigt und der Schmerz im linken Brustbereich macht sich zum wiederholten Male bemerkbar. „Schlaf ein, bitte schlaf ein! Er wird schon irgendwann kommen!"

Doch so sehr sie sich selbst quält, einschlafen kann sie nicht. Nicht jetzt, bei dieser Sicherheit, dass ihre perfekte Welt wieder mal vor dem Aus steht!

Wie viele Minuten oder gar Stunden sie im Bett gelegen hat, weiß sie nicht mehr, doch die Wartezeit scheint urplötzlich erloschen zu sein, als das bekannte Auspuffgeräusch ihren Gedankengang unterbricht.

Der Motor scheint allerdings nicht auszugehen. Adam sitzt in seinem Wagen. Er hatte einen tollen Abend und die Einladung für ein weiteres Candle-Light-Dinner mit einer unbekannten Schönheit steht bereits. Sein Blick wandert zu der offenen Balkontür.

„Bitte, tu mir das nicht an und komm nach Hause", flüstert Stella leise vor sich hin. Adam kann ihre Gedanken nur erahnen – oder geht er immer noch davon aus, dass sie seelenruhig auf der Couch schläft? Leider spricht er seine

Gedanken nicht aus. Umso entschlossener legt er den Rückwärtsgang ein und fährt davon.

Wie viel Schmerz kann Stella noch ertragen? Mittlerweile ist schon das vierte Tagebuch geschrieben und es handelt ausschließlich von ihrer Zeit mit Adam. Ist das etwa ihr ganzes Leben gewesen? Sollten das schon ihre Memoiren sein, ganz nach dem Motto „nach ihm die Sinflut"? Welchen Kampf führt sie eigentlich noch? Den Kampf um eine eigenständige Firma hat sie längst aufgegeben, besser noch, sie hat Adam freiwillig das Zepter überlassen. Denn was ist schon ein eigenes, erfolgreiches Unternehmen, wenn sie ihn dafür kriegen kann, mit Haut und Haaren? Sie liegt im Bett und weint bitterlich, denn jetzt in diesem Moment wird ihr klar: Der einzige Kampf, den sie führt, ist der Kampf mit sich selbst.

Mittlerweile sind zwei Wochen vergangen und natürlich wurde *darüber* nicht geredet. Stella hat einfach aufgehört, ihn privat anzurufen oder zu ihm zu fahren, und Adam hat diese Geste stillschweigend aber dankend angenommen.

„Ich geh' zum Bäcker. Soll ich dir was mitbringen?"

Nora sieht etwas besorgt zu Stella. Blass ist sie geworden und sehr dünn.

„Nein, danke!"

Stella fühlt sich nicht wohl. Nora blickt auf die Zigaretten und den Kaffee auf Stellas Tisch. Etwas zaghaft wendet sie sich an ihre Chefin:

„Alles o. k. bei dir?"

Stella sieht Nora verwundert an und denkt: *„Sieht sie mir etwa an, wie schlecht es mir geht? Reiß dich bloß zusammen, du sollst schließlich eine Respektperson darstellen und nicht ein Häufchen Elend!"*

„Selbstverständlich“, antwortet sie kurz und knapp und schenkt Nora einen wirklich schlecht aufgesetzten selbstbewussten Blick. Nora verlässt das Büro.

„In deren Haut möchte ich echt nicht stecken.“ Obwohl Stella oft die Kühle mimt, hat Nora die letzten Monate Sympathie für sie entwickelt. Die Gucci-Uhr hat sie längst verkauft und das Geld gespendet. Wie gerne würde sie Stella wachrütteln, ihr sagen, dass sie die Firma wechseln soll, da sie mit ihrem Ehrgeiz und Talent irgendwo anders besser aufgehoben wäre – aber das scheint hier ein hoffnungsloser Fall zu sein. *„Außerdem muss ich ja noch meine Lehre fertig machen und wie langweilig wäre dieser Job ohne meine Chefin und ihren Chef?“* Bei diesem Gedanken muss sie dann doch etwas schmunzeln!

Es ist 15.00 Uhr. Stella hat den ganzen Tag ausschließlich das Frühstück zu sich genommen, welches eine Zigarette und einen Kaffee beinhaltete. Mittlerweile ist sie am vierten Objekt angekommen. Die glücklichen Eigentümer dürfen heute ihre Wohnung übernehmen und begrüßen Stella mit einem strahlenden Lächeln. Während Barbara mit der Wohnungsübergabe beginnt, kämpft Stella damit, das immer akutere Schwindelgefühl zu ignorieren. Sie versucht, sich dem Gespräch anzuschließen, doch die Stimmen der einzelnen Personen entfernen sich bis zu dem Punkt, an welchem sie ausschließlich deren leises Echo wahrnimmt. Das Bild vor Augen wirkt plötzlich verschwommen und mit letzter Kraft setzt sie sich auf einen Hocker. Der Käufer bemerkt ihren Zustand und wendet sich besorgt an sie:

„Frau Vernaci, alles in Ordnung?“

Stella versucht, bis zuletzt die Haltung zu bewahren, doch ihre Stimme hat sie mittlerweile auch nicht mehr im Griff.

„Ja, ich glaube, ich muss mich nur hinsetzen.“

Sie spricht es aus und bricht zusammen.

Ein Krankenhaus ist nicht wirklich ein Ort, an welchem man sich gerne aufhält. Vor allem nicht, wenn der *Einzug* mit dem Notarztwagen erfolgt. Zur großen Erleichterung konnte *lediglich* ein Erschöpfungszustand diagnostiziert werden. Trotzdem sind sich die Ärzte einig, dass der Gesundheitszustand dieser jungen, zerbrechlichen Frau namens Stella Vernaci nicht wirklich gut ist. Erst einmal wird diese mit sämtlichen notwendigen Medikamenten versorgt – im Tropf befinden sich all die Stoffe, welche ihr Körper so sehr braucht – und als Privatpatientin darf sie in einem schönen Einzelzimmer ausschlafen. Doch Stella darf sich auch noch darüber freuen, Freunde zu haben, welche immer zu ihr stehen und sie von ganzem Herzen lieben. Sie wacht auf und blickt in Martinas Gesicht. Obwohl sich diese die letzten Minuten akribisch darauf vorbereitet hat, Stella liebevoll zu empfangen, sprudelt es nur so aus ihr raus:

„Wolltest du etwa einen Rekord brechen, nach dem Motto, wie schnell werde ich zehn Kilo los? Muss man jetzt auch noch Modelmaße vorweisen, um für Herrn Brandt arbeiten zu können? Ich meine, was kommt noch? Lässt du dir dann auch noch den Busen vergrößern oder dich vielleicht auch noch strecken, um zehn Zentimeter größer zu sein? Das haben Models ja so an sich …"

Martina redet und redet und redet, nicht aus Wut, sondern vielmehr aus Sorge. Stella blickt erschrocken zu ihr; sie hatte kaum Zeit, ihre Umgebung wahrzunehmen, und entdeckt irritiert die Infusion. Sie sieht Martina an.

„Martina" – Martina redet weiter – „Martina! Halt deinen Mund!"

Das war eine klare Ansage, welche selbst die aufgebrachte Freundin verstanden hat. In Sekundenschnelle sammelt sie sich wieder und blickt besorgt zu der Patientin.

„Seit wann bin ich hier?"

Stella nimmt Martinas Arm.

Diese versucht, ihre Tränen zu unterdrücken.

„Seit gestern Vormittag!“

Stella nimmt nun den Raum wahr und entdeckt einen riesigen Blumenstrauß, bestückt mit ihren Lieblingsblumen. Dieses Bild zaubert ein zartes Lächeln in ihr Gesicht. Martina dreht ihren Kopf seitlich, um die Träne zu verstecken, welche sie nicht aufhalten konnte, denn sie weiß, wie schwer es ihr auch fallen mag, dass sie für Stella jetzt da sein muss, und das bedeutet ganz klar: keine weiteren Angriffe auf Adam. Sie entdeckt das Lächeln, reißt sich zusammen und spricht es aus.

„Er ist von Adam!“

Das Lächeln verwandelt sich in kürzester Zeit in ein Strahlen und nur das zählt. Martina beugt sich vor und gibt ihrer Freundin einen Kuss auf die Stirn.

„Schlaf ein wenig.“

Sie greift nach dem Blumenstrauß.

„Ich glaube, die brauchen frisches Wasser.“

Sie läuft damit in das kleine Bad. Nun kann sie ausatmen, doch ihrer Wut kann sie keinen freien Lauf lassen. Sie blickt in ihr verärgertes Spiegelbild, entnimmt die Karte aus dem Strauß und öffnet sie. Flüsternd liest sie das Geschriebene vor:

„Wir lieben dich! Graziano & Martina.“

Sie versucht, noch mal tief einzuatmen, schüttelt fassungslos den Kopf, steckt die Karte in ihre Tasche und geht. Ihr letzter Blick gilt Stella, welche ruhig eingeschlafen ist.

Es ist schon erstaunlich, wie schnell so ein zerbrechliches Wesen an Kraft gewinnt und sich den nächsten Herausforderungen stellt. Stella lässt sich auf eigenen Wunsch frühzeitig entlassen. Den Rat der Ärzte, in Zukunft etwas kürzer zu treten und vor allem auf ihre Ernährung zu achten, hat sie sich zu Herzen genommen. Ob sie ihn einhalten wird, ist eine andere Sache! Diese junge Frau scheint wirklich unermüdlich zu sein, was das Thema Adam betrifft. Obwohl er sie im Krankenhaus nicht besucht hat, stattdessen die Azubis mit Blumen schickte, ist seine Handynummer die erste, welche Stella bei ihrer Entlassung wählt.

Adam sitzt in seinem Auto, selbstverständlich ***nicht*** alleine.

„Hallo?"

Stella freut sich, seine Stimme zu hören.

„Hallo!"

Adam blickt auf sein Handy, zu spät hat er bemerkt, dass es sich um Stellas Nummer handelt:

„Was gibt's? Bin im Stress!"

Ein solcher Kommentar würde Martina regelrecht zur Mörderin werden lassen, Stella dagegen überhört ihn einfach.

„Na ja, ich wollte dich fragen, ob du mich vom Krankenhaus holen kannst" – und Herr Brandt setzt noch einen drauf:

„Gibt es denn niemand anderen, der dich holen kann?"

Endlich hat auch Stella gemerkt, dass seine Aussagen nicht wirklich in die Kategorie „freundlich und aufmerksam" einzuordnen sind.

„Ja, gibt es."

Völlig fassungslos legt sie auf. Sie sitzt im Empfangsraum des Krankenhauses und starrt ins Leere.

Hat sie denn gar nichts gelernt?

Der Alltag hat sie längst wieder eingeholt. Somit sind alle guten Vorsätze wie ***Kürzertreten*** und ***sich gesund Ernähren*** in wenigen Tagen über Bord geworfen. Martina kommentiert dieses Verhalten wie folgt:

„Wer Adam seit Jahren erträgt und ihn überlebt, den bringt so schnell nichts um."

Mag sein, dass sie recht hat.

Stella steht am Empfang und sieht die eingehende Post durch. Nora drängt Arzu eindringlich, es Stella zu sagen. Stella wird aufmerksam. Sie sieht die beiden fragend an.

„Gibt es etwas, das ich wissen sollte?“

Nora schubst Arzu:

„Sag’s ihr!“

Arzu zuckt mit den Schultern – anscheinend wird es doch nicht so schwer sein, dieses Geheimnis zu lüften.

„Egal, du kriegst es ja sowieso raus! Also, ich bin schwanger!“

Stella lässt die Post fallen. *„Oh, mein Gott, wie sag ich es Adam? Ich habe schließlich Verantwortung für sie!“*

„Du bist was?“

Arzu scheint das Problem nicht wirklich als Problem anzusehen.

„Ich bin schwanger, aber ich denke, ich will es nicht!“

Stella bittet sie kopfnickend in ihr Büro. Sie schließt die Tür und gibt Nora zu verstehen, dass sie nicht gestört werden möchte.

„Wenn dein Onkel das erfährt …“

„Oh Mann, diese blöde Kuh kümmert sich nur um meinen Onkel.“

Wütend unterbricht sie Stellas Ansprache.

„Was dann? Ich habe es dir jetzt anvertraut, weil ich deine Hilfe brauche!“

„Hilfe, Hilfe, Hilfe – die brauche dann wohl eher ich …“ Stella sieht nachdenklich zu Arzu.

„Und wie genau soll ich dir bei deinem Problem helfen?“

Arzu fängt an zu weinen und obwohl sie zu Adams Familie gehört, welche überwiegend dadurch glänzt, auf Knopfdruck lachen und eben auch weinen zu können, scheinen diese Tränen echt zu sein. Stellas gute Seele ist nun gefragt.

„Geh nach Hause. Wenn er nach dir fragen sollte, dann sagen wir, du bist krank." Sie sieht zu Nora, die gerade das Zimmer betreten hat; sie nickt ihr zu. „Ich rufe jetzt ein paar Frauenärzte an und versuche, einen Termin zu bekommen."

Arzu blickt verwundert zu ihr – diese Geste hätte sie ihr jetzt nicht zugetraut.

„Aber das kostet doch!"

„Das hat dich nicht zu interessieren. Jetzt geh!"

Stella fängt sofort an, diverse Frauenärzte anzurufen. Das Ganze scheint sich allerdings schwieriger zu gestalten, als gedacht. Nach langer Überredungskunst konnte sie letztendlich doch einen Termin beim Arzt bekommen. Nervös legt sie auf. Nora steht ihr gegenüber und sieht sie bewundernd an.

„Manchmal frage ich mich, woher du deine Kraft nimmst, um für alle da zu sein!"

Stella sieht sie an, hat darauf allerdings keine Antwort.

„Du weißt, was du zu sagen hast, wenn Adam nach Arzu fragen sollte!"

Nora nickt.

„Ja, das weiß ich."

Ein Tag wie jeder andere – für viele Mitbürger der Stadt jedenfalls –, für Stella ein Tag der dauerhaft anhaltenden Achterbahnfahrt. Ob heute ein Tag ist, an dem es abwärts geht oder gar aufwärts, das kann sie mittlerweile nicht mehr unterscheiden. Jeder Tag mit Adam ist ein Kraftakt.

Stella verlässt mit dessen Nichte Arzu die Arztpraxis. Sie steigen ins Auto. Die Rechnung für die Abtreibung legt sie ins Handschuhfach. Stillschweigend fährt sie Arzu nach Hause. Bei Ankunft redet sie noch mal eindringlich auf sie ein:

„Wenn Adam anrufen sollte – du hast eine Darmgrippe, kotzt dir die Seele aus dem Leib und musst mindestens eine Woche im Bett liegen, o. k.?"

Arzu nickt und steigt aus dem Auto. Warum ihr nicht zumindest ein Dankeschön über die Lippen kam, interessiert Stella wenig; sie ist schließlich dafür da, Adams Welt friedlich zu gestalten, und nicht dafür, um Dankesreden für ihre Gutmütigkeit zu erhalten.

Angespannt betritt sie das Büro. Adam kommt ihr eilig entgegen.

„Gott sei Dank. Gib mir deine Autoschlüssel. Ich habe einen wichtigen Termin und Samuel hat mein Auto."

Im Vorbeilaufen nimmt er ihre Autoschlüssel und verschwindet. Stella sieht ihm verwirrt hinterher.

„Wie geht es ihr?"

Nora fragt nach Arzu.

„Gut, sie kommt morgen wieder."

In diesem Moment betritt Adam das Büro. Er lehnt sich nachdenklich an die Wand.

„Also, fassen wir mal zusammen: Arzu leidet an einer Darmgrippe und in deinem Auto liegt eine Arztrechnung für eine Abtreibung. Hm? Was meinst du, Stella? Gibt es da irgendeinen Zusammenhang?"

Stella sieht ihn ernst an, um sich ihre Nervosität nicht anmerken zu lassen.

„Wenn du mein Auto, ohne zu fragen, nimmst, berechtigt dich das noch lange nicht, meine privaten Unterlagen zu durchsuchen!"

„Bitte? Seit wann muss ich mir von dir eine Erlaubnis holen?" Adam beugt sich zu ihr vor.

„Ich habe für Arzu Verantwortung gegenüber ihren Eltern und du hast die Verantwortung gegenüber mir, also sprich!"

Stella, ruhig mit versteinerter Miene:

„Wie du siehst, ist die Rechnung auf meinen Namen ausgestellt. Also wüsste ich nicht, was das mit Arzu zu tun haben sollte!"

Wow! Und kriegt es Adam vielleicht ausnahmsweise mit der Fassungslosigkeit zu tun? Scheint nicht so.

Er sieht sie stillschweigend an. Dann dreht er sich um und während er in sein Zimmer läuft, hört Stella ihn Folgendes sagen:

„Stella, würdest du bitte zu mir kommen!"

Sie steht auf und geht, bereit für Runde „???"

„Wie konnte das passieren? Wir haben doch immer aufgepasst!"

Adam sieht sie fragend an, geschockt scheint er allerdings nicht zu sein. Stella dafür umso mehr.

„Mach dich nicht lächerlich, es gab oft Situationen, wo wir nicht aufgepasst haben!"

Eigentlich hat Adam keine große Lust auf diese Art von Konversation.

„Wie auch immer, mit der Abtreibung ist das Thema dann erledigt, oder?"

Mit reichlich Taktgefühl scheint er wirklich nicht ausgestattet zu sein! Stella verspürt ein Gefühl, dessen Mischung ihr bis dahin fremd war: eine Mischung aus Schock, Fassungslosigkeit, Wut, Wut und Wut. Sie sieht ihn mit großen Augen an.

„Bitte?"

Und während sie auf eine Erklärung, Entschuldigung oder zumindest Antwort auf ihre Frage wartet, kümmert sich der Betroffene mehr darum, die Summe zu zählen. Er reicht ihr das Geld.

„Das war doch der Betrag, den du beim Arzt bezahlt hast, oder? Das nächste Mal kannst du mich ruhig vorher einweihen!"

„Das nächste Mal wird es hoffentlich nicht geben!"

Fassungslos sieht sie ihn an, dann das Geld. Ohne einen weiteren Kommentar steht sie auf und geht.

Adam ist verwundert. Hat er etwas falsch gemacht? Er sieht auf das Geld, welches Stella hat liegen lassen, und ruft ihr hinterher:

„Dein Geld!"

Doch Stella ignoriert den Kommentar und läuft aus dem Zimmer.

Nach so vielen Jahren wird es auch mal Zeit, dass Stella die Schönheiten des Lebens kennen lernt oder zumindest wieder wahrnimmt. Sie sitzt auf einer Parkbank, alleine und nachdenklich. Die Menschen beobachten sie in ihrem perfekten Business-Outfit, welches Macht und Erfolg ausstrahlt, doch im Gesicht dieser jungen, hübschen Frau ist Traurigkeit und Einsamkeit zu erkennen. Stella erwidert die Blicke der vorbeilaufenden Passanten. Menschen in ihrem Alter – stylisch, verrückt, frei und unabhängig. Sie spielen Badminton, liegen verliebt auf Decken und genießen die Sonne. Die Jogger rasen zum Teil wie mit Duracell betrieben an ihr vorbei. *„Du kannst auch eine von ihnen sein. Du kannst auch einfach mal mit einem Jogginganzug aus dem Haus gehen oder tanzend durch den Park laufen. Du kannst es, du bist frei, du bist frei!"*

Ihre Gedanken bringen sie jedoch selbst zum Lachen.

„Frei und verloren!"

Und die Traurigkeit nimmt kein Ende.

Ein einsamer Abend steht ihr bevor.

Stella sitzt nachdenklich auf ihrer Couch zu Hause. Arbeiten konnte sie heute nicht mehr, zu sehr belastet sie die Kälte und Ignoranz, die Adam ihr entgegenbringt. „Wie soll ich aus dieser ausweglosen Situation wieder rauskommen? Wie zum Teufel soll ich Adam endgültig aus meinem Herzen streichen? Warum konzentriere ich mich nicht einfach nur auf das Geschäftliche?" Zum ersten Mal seit ihrer Begegnung mit Adam stellt sie sich diese Fragen. Martina würde das eindeutig als

Fortschritt ansehen. Und da es ja so etwas wie Gedankenübertragung gibt, ruft diese genau zum richtigen Zeitpunkt an.

„Ja, bitte?"

Martina steht in ihrem Bad und schminkt sich, während sie den Hörer an das Ohr presst.

„Hey, Baby! Hole dich in einer Stunde ab. Zieh dich schick an, wir gehen aus!"

„Und wenn du jetzt Nein sagst, Stella, dann wirst du es mit mir zu tun bekommen – und ich bin nicht zu Späßen aufgelegt!" Doch das Prinzip Gedankenübertragung scheint anzuhalten, denn nach einer kurzen Überlegung hört sich Stella antworten:

„Ich bin in einer Stunde fertig."

Obwohl das die Antwort ist, welche Martina hören wollte, blickt sie trotzdem etwas verwirrt in den Hörer.

„O. k.! Wird ein toller Abend. Bis später, Süße!"

Und es wird ein toller Abend, denn aus unerklärlichen Gründen fühlt sich Stella völlig losgelöst und genießt regelrecht die Aufmerksamkeit, welche ihr entgegengebracht wird. Martina, Graziano, Stella, Bruno und Lillian sitzen seit Ewigkeiten wieder gemeinsam an einem Tisch und lassen es sich gutgehen. Doch die gute Laune Stellas ist vielmehr auf Adrian zurückzuführen, einen guten Freund von Graziano, der die glorreiche Idee hatte, sich der Clique heute Abend anzuschließen.

„Du bist also die kleine erfolgreiche Geschäftsfrau. Graziano hat ja nur das Beste von dir erzählt."

Stella mustert ihn zufrieden. Wie lange ist es her, dass ihr Selbstbewusstsein so gestärkt wurde?

„Soso! Hat er das? Na ja, wie soll ich sagen, bin noch ziemlich am Anfang meiner Karriere."

Adrian kontert – charmant, jedoch dezent zurückhaltend:

„Nicht so bescheiden, die Dame. Vergiss nicht: Frechheit siegt!“

Irgendwie gehen ihnen jetzt die Worte aus und sie nutzen den Moment, um sich gegenseitig ein Lächeln zu schenken. Bei diesem Anblick wird es Graziano ganz warm ums Herz; spontan schließt er sich dem *stillschweigenden* Gespräch an.

„Und, habt ihr schon einen Geschäftstermin ausgemacht?“

„Hä?“ Stella kann ihren verwirrten Gesichtsausdruck nicht verbergen.

„Geschäftstermin?“

Graziano, stolz darauf, dass sein Plan aufgeht:

„Habe ich dir etwa nicht erzählt, dass Adrian ein Familienunternehmen in der Baubranche führt?“

„Nein, hast du nicht! Ist dir wohl entgangen!“

Und bevor sie Weiteres hinzufügen kann, hört sie Adrian sprechen:

„Ich bin mir gar nicht mehr so sicher, ob ich mit dieser Frau eine Geschäftsbeziehung aufbauen sollte. Bei dieser Erscheinung ist mein privates Interesse dann doch größer!“

Wie gut tun diese Worte! Das ist es, was sie seit Jahren hören will, allerdings hat es gerade der falsche Mann ausgesprochen – oder vielleicht auch nicht? Kokett wendet sie sich an Adrian:

„Ach wirklich? Und woher nimmst du dir die Sicherheit, dass ich überhaupt Interesse an dir habe – geschäftlich als auch privat?“

„Die Sicherheit habe ich nicht, aber wer nicht wagt, der nicht gewinnt!“

„Hm, irgendwie hat er was von Adam …“ Stella fügt dem nichts mehr hinzu. Warum sollte sie auch, klingt ja alles wie Musik in ihren Ohren.

Zufrieden blicken Martina und Graziano zu den beiden.

Martina gibt Graziano einen Stoß in den Bauch.

„Du Trottel, warum ist dir dieser Adonis nicht schon früher eingefallen?“

Graziano krümmt sich kurz vor Schmerzen, kann sich das Lachen jedoch nicht verkneifen.

„Im Gegensatz zu dir habe ich einen Trottel, der uns hoffentlich von der Adam-Manie befreit. Was hast du zu bieten?“

Martina verdreht die Augen.

„Kluge Ratschläge, auf welche unsere Prinzessin leider nicht hört. Ich hoffe, dein Adrian sieht nicht nur gut aus?“

„Wir werden sehen.“

Graziano bestellt die nächste Runde.

Stella steht auf und geht zur Bar; die Möglichkeit, Martinas Neugier zu stillen. Sie folgt ihrer besten Freundin – und Stella hat ihr auch schon einiges mitzuteilen.

„Was soll denn das werden, wenn es fertig ist?“

Martina kann Stellas Frage nicht ganz nachvollziehen.

„Wie meinst du?“

„Ihr beide, Graziano und du, habt doch nicht ernsthaft vor, mich zu verkuppeln?“

Gequält lächelt Martina sie an. *„Eigentlich habe ich jetzt schwer das Bedürfnis, dir eine zu klatschen!“*

„Wie kommst du auf so einen Blödsinn? Der Typ ist wie gemacht, um dein Ego zu polieren, dein Sexualleben aufzuwerten und deinen Tarzan Adam eifersüchtig zu machen.“

Das müsste doch eigentlich das Schlagwort gewesen sein! ***Deinen Tarzan Adam eifersüchtig zu machen.*** Denn seltsamerweise ist Stella plötzlich ruhig. Denkt sie etwa nach? Schafft sie es nach Jahren, endlich einen klugen Ratschlag von Martina anzunehmen? Ihr Blick wandert zu Adrian. Ein wirklich gutaussehender Typ!

Martina beobachtet sie und nutzt den Moment aus, um Stellas Gedanken zu bestärken.

„Du wirst deinem Adam deswegen nicht untreu, auch wenn er ja tagtäglich fremdgeht – das musste schließlich auch mal gesagt werden. Entschuldige, aber das ist nun mal Fakt! Nun ist deine Zeit gekommen, es liegt an dir, was du daraus machst!“

Martina geht und kann es sich natürlich nicht nehmen lassen, ihre Wichtigkeit in dieser Liebesangelegenheit Graziano nochmals zu bestätigen.

„Ohne meinen klugen Ratschlag wäre dein Adonis völlig wertlos!“

Sie zwinkert ihrem guten Freund zu und hebt ihr Glas zum Anstoßen. Stella steht noch für einen kurzen Moment an der Theke. Warum rast denn ihr Herz plötzlich? Ist sie etwa aufgeregt darüber, dass ein Mann sie attraktiv findet, mit ihr flirtet, sie gar begehrt? Gerade heute scheint sie besondere Aufmerksamkeit zu erregen. Der Barmann spricht sie an:

„Na, schöne Frau! Kann ich noch etwas für dich tun?“

Sie sollte es genießen, denn ihre Seele hatte diese Streicheleinheiten bitter nötig.

„Zwei Martini, danke.“

Selbstbewusst und diesmal nicht gespielt läuft sie zum Tisch. Kurze Zeit später kommt die Bedienung und bringt die Bestellung. Stella reicht Adrian ein Glas. Dieser sieht sie verwundert an.

„Woher wusstest du, dass dies mein Lieblingsgetränk ist?“

Stella nippt an ihrem Glas.

„Wusste ich nicht, ich habe es bestellt, weil es mein Lieblingsgetränk ist!“

Welch ein Zufall – oder doch vielmehr der Beginn einer langen Nacht! Sie stoßen mit den Restlichen an und Graziano teilt die Planung des Abends mit:

„Und jetzt geht's weiter ins ‚Einser'. Ach, und macht keinen Stress, Leute, die Rechnung ist bezahlt."

Die Gruppe wartet auf die nächsten freien Taxifahrzeuge. Während sie am Straßenrand stehen, klingelt Stellas Handy. Es müsste eigentlich kurz nach Mitternacht sein. Stella holt das Telefon aus der Tasche – und siehe da: „Adam ruft an". Was sie jetzt tut, führt sogar bei Martina zur absoluten Sprachlosigkeit. Stella schaltet auf Stummschaltung, blickt zufrieden zu Adrian und lügt, so, als ob sie ihr ganzes Leben lang nichts anderes getan hätte:

„Geschäftskunden. Die haben manchmal kein Zeitgefühl!"

Ein freies Taxi fährt vor und die beiden steigen ein. Martina und Graziano verspüren ein unglaublich großes Glücksgefühl.

Stella ist entschlossen. *„Dieser Abend gehört mir! Das, was du kannst, kann ich schon lange!"* Welch eine Überraschung, dass ihre Gedanken wieder mal Adam gelten. Sie sieht zu Adrian und fragt ihn:

„Wo wohnst du eigentlich?"

Adrian sieht sie verwundert an.

„In Bogenhausen. Warum?" Stella schenkt ihm ein zauberhaftes Lächeln und eine weitere zauberhafte Frage:

„Und wo genau?"

Aha, jetzt versteht auch Adrian, oder?

„Prinzregentenstraße 105a."

Stella wendet sich an den Taxifahrer:

„Zur Prinzregentenstraße 105a, bitte!"

Nein, er versteht nicht wirklich.

„Aber ..."

Stella überzeugt ihn jedoch, indem sie sich zu ihm vorbeugt und ihn küsst. Flüsternd fügt sie hinzu:

„Keine Angst, ich bin nüchtern und bei klarem Verstand."

Bei genauer Betrachtung der Umstände allerdings wäre keine weitere Erklärung nötig gewesen. Adrian als Mann wird definitiv Stella als attraktive, weibliche Erscheinung nicht widerstehen können.

Und Stella hat seine Berührung genossen, jedoch vielmehr die Berührung danach, welche ihr all die Jahre verwehrt blieb. Adrian hat sie wie eine Königin behandelt und das erste Mal dauert der Höhepunkt bis zum möglichen Frühstück an.

Die Sonne begrüßt Stella an ihrem ersten freien Adam-Tag. Sie liegt in einem großen Bett, das Zimmer ist lichtdurchflutet, der Geruch der Bettwäsche weckt ein wohliges Gefühl in ihr und dann spürt sie diese Hand, welche sich beschützend um sie gelegt hat. Fühlt sich das gut an? Sie ist etwas verwirrt und die nächsten Worte werden diesen Zustand nicht wirklich verbessern.

„Guten Morgen, Schönheit."

Sie dreht sich um und sieht in das strahlende Gesicht eines schönen Mannes.

„Guten Morgen."

Adrian steht auf, zieht sich schnell was über, läuft auf die andere Bettseite zu Stella, gibt ihr einen Handkuss und mit einem Zwinkern fragt er, was sie frühstücken möchte. Oh Gott, ein wahrer Traummann! Wie verkraftet Frau das, wenn ein solches Exemplar vor ihr steht? Sie kommt aus der Verwirrung und einem zusätzlich annähernden Schockzustand nicht heraus.

„Hm, bist du immer so gut drauf in der Früh?" In Sekundenschnelle spielen sich all die morgendlichen, schlecht gelaunten Adam-Rituale im Kopf ab.

Adrian sieht sie fragend an:

„Ich bitte dich, jeder Mann, der neben dir aufwacht und schlechte Laune schiebt, hat sie nicht mehr alle!"

Wie wahr doch seine Worte sind! Kann er das nicht mal in schriftlicher Form an Adam senden? Für Stella wird es Zeit, zu gehen, denn statt diese Aufmerksamkeit zu genießen, muss sie in ihre kleine, unerfüllte Welt zurückkehren. Sie steht auf und zieht sich an.

„Hm, danke für das Angebot, aber ich muss los, die Arbeit ruft!"

Adrian als Gentleman wird ihre eilige Entscheidung nicht hinterfragen. Er reicht ihr, nach wie vor mit einem strahlenden Lächeln, seine Visitenkarte.

„Sie können mich jederzeit anrufen. Sollte meine Sekretärin Sie nicht durchstellen, wird sie fristlos gekündigt!"

Stella ist gerührt. Und obwohl sie ein solches Verhalten dringend für ihr gebrochenes Herz benötigt, wünscht sie sich in diesem Moment, Adrian nicht so nah an sich herangelassen zu haben. Hat sie sich etwa nach so vielen Jahren an die Ignoranz gewöhnt, welche ihr Adam konstant entgegenbringt, sodass sie mit den eigentlichen Eigenschaften, die eine gesunde Beziehung ausmachen – Liebe, Respekt, Humor –, überfordert ist? Moment! Sie hat ja keine Beziehung mit Adam, also kann sie solche Dinge ja auch nicht vermissen!

Adrian begleitet sie bis zur Tür, haucht ihr erneut einen Handkuss zu und sagt:

„Ich hoffe doch schwer bis bald!"

„Ich wüsste nicht, was dagegen spricht."

Hat sie das jetzt tatsächlich gesagt? Sie will ihn doch gar nicht wiedersehen! Sie will zurück zu Adam und ihm zeigen, dass sie eine starke Frau ist, die ihren Weg geht, welcher allerdings trotz mancher Umwege immer wieder zu Adam Brandt führt. Nachdenklich läuft sie die Treppe hinunter und die Straße entlang. Der Tag ist schön und genau richtig, um seinen Gedanken freien Lauf zu lassen – und davon hat Stella heute Morgen genug zu bieten. Wo ist Adam? Warum musste ich Adrian begegnen? Wie geht es weiter mit der Firma? Wo werde ich in fünf Jahren sein? Vielleicht verheiratet und Mutter *seiner* Kinder? Oder doch eine erfolgreiche Geschäftsfrau?

Mal sehen …

Sie winkt ein vorbeifahrendes Taxi heran, steigt ein und fährt etwas erschöpft, irgendwie befriedigt, jedoch sehr nachdenklich, nach Hause.

Ihr Zuhause, welches zum selben Zeitpunkt von einem Herrn Brandt angesteuert wird. Nachdem er sie gestern Abend auf dem Handy und auch auf ihrem Festnetz nicht erreicht hat, musste er sich mit einer schlaflosen Nacht begnügen. Da ist wieder dieses Gefühl von Verlustangst, von zu wenig Aufmerksamkeit. Was fällt Stella eigentlich ein, nicht zu Hause zu sein und auf ihn zu warten oder gar nicht an ihn zu denken?

Zum selben Zeitpunkt kommen beide in der Gärtnerstraße an, Stella nichts ahnend vom Überraschungsbesuch und Adam wissenshungrig, wo sie die letzte Nacht gesteckt hat. Doch er muss taktvoll vorgehen. Während er sie aus nächster Entfernung beobachtet, wie sie in das Haus läuft, ruft er sie auf ihrem Handy an. Warum er seine Nummer dabei ausgeschalten hat, weiß er selbst nicht so wirklich.

Anruf „unbekannter Teilnehmer".

Stella hebt ab:

„Ja, bitte?"

„Hi, ich bin's!"

Verwirrt sieht Stella auf ihr Display. Warum steht hier unbekannter Teilnehmer?

„Hi!"

„Bist du zu Hause?"

„Ja."

„Kann ich vorbeikommen?"

„Klar!“

Klar! Wie selbstverständlich sie das ausspricht und unbewusst seine egoistische Seele damit streichelt! Zufrieden legt er auf und läuft zur Eingangstür.

Nachdem er sie mit einem leidenschaftlichen Kuss begrüßt, mustert er sie von Kopf bis Fuß. *„Ich weiß, was du letzte Nacht getan hast, kleines böses Mädchen …“*

„Gott, bist du in einen Aschenbecher gefallen? War wohl eine lange Nacht?“

Stellas Unsicherheit kommt plötzlich hoch; kurz und knapp antwortet sie:

„Ja, das war sie! Fühl dich wie zu Hause, ich geh' kurz duschen!“

Sie lässt sich Zeit beim Duschen. Es wirkt fast so, als ob sie jede einzelne Berührung von Adrian wegschrubben möchte, um sich nicht zu verraten! Ihr Traummann sitzt im Wohnzimmer, nicht aus dem Grund, weil es ein schöner, gemeinsamer Samstag werden soll, nein, weil er mit ihr schlafen möchte, weil der Sex zwischen den beiden genauso intensiv ist wie ihre kranke Beziehung, wenn es denn eine sein soll! Doch warum schläft Adam mit anderen Frauen? Warum hat sie heute Nacht mit Adrian geschlafen? Sie blickt in den Spiegel.

„Was hast du getan? Du dumme Kuh, du hast das getan, was er tagtäglich tut!“

Mit einem Handtuch bekleidet betritt sie ihr Wohnzimmer. Ihr Herz schlägt so laut, dass es die Kirchenuhr fast übertönen könnte. Adam steht auf und läuft auf sie zu. Er sieht sie an. Ihre Blicke verschmelzen ineinander. Und es wirkt fast so, als ob zwei Feinde sich gegenüberstehen, ohne zu wissen, was im nächsten Moment passieren wird. Adam reißt ihr das Handtuch von ihrem Körper. Nackt steht sie vor ihm, nackt und somit schutzlos! Er berührt ihre Brust, dann gleitet seine Hand zwischen ihre Beine. Flüsternd wendet er sich an sie:

„Wie war er?“

Stellas Gesicht erstarrt. Sie hätte jetzt mit allem gerechnet, aber nicht damit. Fast geschockt spricht sie ein leises

„Bitte?“ aus.

Adam sieht sie mit einem Lächeln an. Er fährt ihr durch das nasse Haar und führt seine entschlossene Rede fort:

„Du weißt immer besser, mich an dich zu binden. Ich muss schon sagen, du lernst schnell von mir!“

„Dieses kleine Arschloch! Andere Männer würden vor Eifersucht zu Mördern mutieren und was macht er? Er dankt mir dafür, dass ich heute Nacht mit einem anderen Mann geschlafen habe! Das kann nicht sein, ich halluziniere, ich bin nicht bei klarem Verstand.“ Stellas Augen leuchten.

„Wovon zum Teufel redest du?“

„Allein der Gedanke, dass ein anderer dich berührt, dich befriedigt, erregt mich!“

Leidenschaftlich drückt er sie gegen die Wand …

„Du hast keine Chance gegen ihn, er ist dir eindeutig überlegen! Du dumme Kuh!“

Sie blickt erschrocken ins Leere, eigentlich auch ein Moment, um sich totzulachen! Schließlich hat sie hiermit die letzte Möglichkeit ausgeschöpft, um auf sich aufmerksam zu machen, und wie immer geht der Sieg an Herrn Brandt, welcher ihr nun erregt ins Ohr flüstert:

„Sag mir, was du willst!“

Stella wirkt fast abwesend.

„Fick mich einfach!“

Selbstverständlich ist es ihm nicht recht, wenn sie sich mit anderen Männern trifft. Aber würde er das zugeben? ***Nein,*** eher friert die Hölle zu! Adam ist ihr nun mal überlegen. Doch in welcher Angelegenheit genau? Das erfolgreiche Unternehmen ist durchaus auf Stellas Ehrgeiz, Wissen und fachliche

Kompetenz zurückzuführen. In Kundengesprächen dominiert sie eindeutig. Sie ist die Schönere von beiden. Zudem ist sie ebenfalls mit Witz und Charme ausgestattet.

Aber es kann nur einen Weltherrscher geben und somit liegt sie mit zwei Punkten im Rückstand. Erstens: Sie ist eine Frau, hat es somit in einer männerdominierten Branche eindeutig schwerer. Und zweitens: Ihr nach wie vor größter Schwachpunkt – sie ist verliebt! Doch obwohl ein Adam sich in Sicherheit schwelgt, ist ihm durchaus klar, welche tagtäglichen Gefahren draußen lauern, also muss wieder ein neuer Plan her, um Stella ruhigzustellen!

Eine Nicht-Beziehung zu führen, ist schon auch oft anstrengend. Doch was tut Adam nicht alles, um seine Schäflein zu besänftigen?

Stella betritt das Büro. Ein kleiner Welpe kommt ihr entgegen.

„Was ist das denn?"

Sie hebt ihn hoch und streichelt ihn. „Gott, ist der süß!" Adam kommt ihr entgegen. Wieder mal ein Volltreffer. So ein kleiner Hund lässt nun mal Frauenherzen höher schlagen und wenn er noch geschickt das ***uns*** einbaut, ist seine Welt wieder in Ordnung.

„Du, ich muss weg. Kannst du mit ihm rausgehen? Er ist noch nicht stubenrein!"

Stella sieht ihn mit großen Augen an.

„Aber, hast du dir etwa einen Hund gekauft?"

Nun kommt sein großer Moment. Lächelnd steht er an der Tür.

„Na ja, ich habe ***uns*** einen Hund gekauft; somit gehört er zum Teil auch dir, ich wollte dich überraschen! Ach, und du musst ihn bei der Stadt anmelden zwecks Hundesteuer, kannst du das gleich machen?" Welch ein glückseliger Moment für Stella. Liebevoll sieht sie den kleinen Wollknäuel an.

„Wie heißt er denn?"

Adam hat bereits die Tür geöffnet.

„Such du dir einen Namen aus."

Er schließt die Tür hinter sich zu.

Uns, uns, uns, uns, uns!

Wie empfänglich das weibliche Geschlecht doch für gezielt ausgewählte Worte sein kann. Eine glückliche, erfolgreiche Geschäftsfrau mit einem Welpen in der Hand. Welch ein Anblick.

Und welch ein strahlendes Lächeln beim Öffnen der Post. Ein Brief der Stadt München, adressiert an Stella Vernaci und Adam Brandt. Bestätigung der Hundesteuer. Nach so vielen Jahren ist auch die Kommunikation durch Selbstgespräche durchaus zur Normalität geworden – schön, dass sie alleine im Büro ist. „Herr Adam Brandt und Frau Stella Vernaci", sie denkt nach, dann streicht sie Vernaci weg und schreibt stattdessen Brandt.

„Herr Adam Brandt und Frau Stella Brandt."

Ihr Blick wandert zu dem kleinen Hund, welcher sie mit großen Augen ansieht. Sie lächelt ihn an und spricht weiter: „Herr Brandt und Frau Brandt, Eltern von Max, eine glückliche, kleine Familie."

Sie lacht und weint gleichzeitig. Ist sie mit ihren Kräften etwa am Ende?

Adam hat einen anstrengenden Tag hinter sich. Er hat zwei Wohnungen verkauft und mit viel Überredungskunst ein neues Objekt für sich gewonnen. Natürlich arbeitet er hart, denn sein Ziel – der Beste und Größte in dieser Branche zu werden – ist noch lange nicht erreicht. Um sich für den Kampf nach ***oben*** zu stärken, gönnt sich Herr Brandt ab und zu eine Auszeit. Dazu benötigt er seinen luxuriösen Fuhrpark – zum Porsche Turbo sind mittlerweile ein Cayenne und ein Mercedes A-Klasse dazu gestoßen. Des Weiteren eine schöne Frau, denn nichts lässt einen Mann männlicher erscheinen, als eine perfekte, dekorative Begleitung. Letztendlich natürlich Kreditkarten ohne Limit. Bestens ausgestattet beglückt er die Einkaufsmeile in der Innenstadt. Beim Aussteigen reicht er seiner Begleitung die Hand:

„Darf ich bitten? Heute bist du die Königin."

Die unbekannte Schöne schmunzelt. Sie laufen in den Gucci-Laden, danach zum Juwelier, dann Versace, usw.

Voll bepackt mit Tüten steigen sie wieder in seinen Porsche ein und fahren davon.

Der Film „Pretty Woman" basiert definitiv auf einer wahren Begebenheit – Herr Brandt ist der lebende Beweis!

Auf der anderen Seite wird bemerkbar, wie weit Stella von solch märchenhaften Liebesgeschichten entfernt ist. Nora klopft an ihre Tür.

„Entschuldigung, Stella. Das ist mir jetzt auch etwas unangenehm, aber ich wollte fragen, was mit dem Gehalt ist? Ich meine, es ist schon der Zwanzigste."

Stella blickt entschuldigend zu ihr. „Ich kläre das mit Adam, sobald er da ist!"

Nora nickt und geht. Stella sitzt genervt an ihrem Schreibtisch, vor ihr diverse Mahnschreiben aufgrund von unbezahlten Rechnungen. Seit Wochen rennt sie ihm mit den Überweisungsträgern hinterher – ohne jeglichen Erfolg. Seine Zahlungsmoral kotzt sie regelrecht an. Wie soll sie Forderungen an das Personal oder gar an die Subunternehmer stellen, wenn diese wochenlang auf ihre Zahlungen warten müssen? Sie hört Adam reinkommen. Sie steht auf und läuft in sein Büro.

Adam blickt in ihren ernsten Gesichtsausdruck.

„Hi!"

Stella kommt sofort auf den Punkt:

„Sag mal, dir ist doch klar, dass wir den Zwanzigsten haben und du immer noch nicht unsere Gehälter bezahlt hast?"

Adam läuft um seinen Tisch, er entleert seine Taschen, will erst einmal ankommen. Er zieht eine Quittung von seinen Shoppingexzessen mit der Unbekannten heraus. Unauffällig versucht er, diese zu verstecken. Dann blickt er zufrieden zu Stella.

„Du kennst doch die Situation, Stella! Momentan warten wir noch auf Zahlungen von Käufern. Du weißt, dass das Erste, was ich bezahlen würde, eure Gehälter wären!"

Das reicht nicht. Stella ist wütend.

„Und wie lange soll ich die Lehrlinge noch hinhalten bzw. was soll ich ihnen sagen?"

„Stella, das gehört nun mal auch zum Geschäft."

Er holt zehn Euro aus seiner Tasche. Hollywood hat an ihm definitiv einen Schauspieler verloren.

„Das ist alles, was ich momentan habe. Ich treffe mich später mit dem Banker. Vielleicht kriege ich es ja hin, dass er uns einen Vorschuss gibt."

Stella ist allerdings in ihrem Element.

„Warum zum Teufel habe ich eigentlich keine Handlungsvollmacht?"

„Oh Gott, jetzt geht das schon wieder los …"

Adam sieht sie an.

„Und was würde es dir nutzen? Du wärst zurzeit auch nicht in der Lage, die Rechnungen zu bezahlen!"

Doch diesmal hat er eine Gegnerin. Stella beugt sich selbstbewusst zu ihm vor:

„Dass du mich seit Jahren unterschätzt, habe ich stillschweigend hingenommen, dumm bin ich allerdings nicht. Vielmehr scheint dies auf dich zuzutreffen, wenn du deine kaufmännische Leitung davon überzeugen möchtest, dass die

Firma kein Geld hat, nachdem ich jeden gottverdammten Kontoauszug kenne!“

Sie legt ihm die Kontoauszüge hin und dann die Überweisungsaufträge, ihr Blick offen und genau auf ihn gerichtet. Adam unterschreibt.

„Ich habe nie behauptet, dass du dumm bist!“

Stella nimmt die Aufträge und verlässt wütend das Büro.

Adam sitzt verwirrt auf seinem Stuhl. Hat ihn Stella etwa gerade dazu gebracht, etwas zu tun, was nicht wirklich in seinem Sinn war? Martina wäre jetzt so stolz auf ihre beste Freundin.

Neuer Tag, neues Glück? Nein, die Talfahrt wird nun fortgeführt. Stella steht in der Empfangshalle. Sie nimmt ein Einschreiben vom Postboten entgegen und öffnet dieses. Es ist eine Strafanzeige! Von insgesamt zehn Bauunternehmen, wegen Betruges an der Baustelle Von-Tannen-Straße. Ihre Nervosität steigt. Sie fragt die Empfangsdame:

„Wo ist Adam?“

„Er ist vor zehn Minuten aus dem Büro.“

Sie nimmt den Telefonhörer und wählt seine Nummer. Als Antwort erhält sie ein permanentes Besetztzeichen, denn zur selben Zeit sitzt Adam etwas irritiert in seinem Porsche und telefoniert.

„Das muss ein Missverständnis sein!“

Am anderen Ende der Leitung antwortet eine Reisebüroangestellte:

„Nein, ist es leider nicht. Die Abbuchung ist leider nicht akzeptiert worden. Ich bitte Sie, die Bezahlung in den nächsten drei Tagen zu tätigen, da wir die Hotelreservierung sonst wieder zurücknehmen müssen.“

„Ich kümmere mich darum.“

Er legt auf und ein seltsames Gefühl in seiner Magengegend ist zu spüren. Kurze Zeit später betritt er die Hypo-Vereinsbank. Herr Mayerhöfer erwartet ihn bereits.

„Herr Brandt, ich grüße Sie."

„Herr Mayerhöfer, es ist mir immer wieder ein Vergnügen, Sie zu sehen."

Der Banker nimmt an seinem großen Schreibtisch Platz. Sein Gesichtsausdruck lässt nichts Gutes erahnen.

„Na ja, heute wird es weniger ein Vergnügen werden."

Adam bewahrt seine Ruhe – zum Erfolg gehören auch Durststrecken. Aber die hat er doch gar nicht! Neugierig wendet er sich an den Banker: „Ich höre!"

Herr Mayerhöfer holt ein Schreiben heraus.

„Dann komme ich wohl gleich zum Punkt. Herr Brandt, wir mussten Ihnen leider jegliche Konten sperren, da uns eine Betrugsanzeige vorliegt. Ich bin erstaunt, dass Sie noch nichts darüber erfahren haben!"

Adam nimmt ganz ruhig das Schreiben entgegen und liest es durch. Der Banker spricht weiter:

„Wie auch immer. Die Vorwürfe sind wirklich schwerwiegend.

Anscheinend haben Sie bewusst eine viel zu niedrige Kalkulation bei der Finanzierung der Von-Tannen-Straße angegeben, um so den Gewinn zu erhöhen. Sie haben ja interessanterweise das Generalunternehmen tatsächlich vor Fertigstellung der Baustelle insolvent gehen lassen, da anscheinend kein Geld mehr vorhanden war, um das Objekt fertigzustellen."

„Herr Mayerhöfer, ich bitte Sie. Sie haben mich als fairen Geschäftsmann kennen gelernt."

Mehr fällt ihm im Moment auch nicht ein.

„Ich kann Ihnen nur die Fakten nennen und möchte Ihnen ans Herz legen, diesen Sachverhalt so schnell wie möglich zu klären, denn bis dahin müssen alle Konten gesperrt bleiben. Die Staatsanwaltschaft verlangt bis zur Klärung eine Kaution von 250 000 Euro. Diese kann ich vom Erlös des letzten Objektes anweisen."

Er legt Adam einen Überweisungsauftrag vor. *„Das zweite Mal in zwei Tagen, das ich gezwungen werde, Zahlungen vorzunehmen."* Gequält und nicht wirklich zufrieden mit dieser Entwicklung unterschreibt er.

„Ich hoffe, wir treffen uns in Zukunft unter angenehmeren Umständen."

Selbstbewusst und voller Optimismus reicht er seinem Banker die Hand.

„Das werden wir."

Sein Weg führt erst einmal nicht ins Büro; er muss nachdenken. Anscheinend besitzt auch Adam so etwas wie Intuition, denn das Büro wäre jetzt eindeutig der falsche Ort zum Nachdenken.

Stella telefoniert. Seit Wochen haben diese Telefonate die Hinhaltetaktik bezüglich der längst überfälligen Zahlungen zum Inhalt. Nora öffnet die Tür, ihr Gesichtsausdruck wirkt nervös, fast schon erschrocken.

„Entschuldigung, aber hier sind ein paar Herrschaften, die dich sprechen wollen."

Hinter ihr stehen vier Personen, begleitet von einer Polizeieskorte.

Herr Ammer, der Staatsanwalt, betritt ihr Zimmer, ohne sie zu begrüßen:

„Legen Sie bitte sofort auf. Sämtliche Telefonate sind erst einmal untersagt. Herr Ammer von der Staatsanwaltschaft. Ihr Name?"

Das hier ist jetzt definitiv ein Schockzustand.

„Stella Vernaci."

Der Staatsanwalt sieht sich um.

„In welcher Beziehung stehen Sie zu diesem Unternehmen?“

„Ich bin hier angestellt und habe die kaufmännische Leitung.“

Herr Ammer bittet seine Kollegen, einzutreten.

„Wenn ich noch Fragen haben sollte, komme ich auf Sie zu.“

Stella sitzt wie versteinert auf ihrem Platz. In der Zwischenzeit werden sämtliche Räume untersucht und diverse Unterlagen beschlagnahmt. Vor ihr ein Bild der Zerstörung. Ihr Ein und Alles, die Firma, bricht zusammen wie ein Kartenhaus. Voll bepackt mit sämtlichen Ordnern verlassen die Herrschaften die Räume.

Stella versucht, die Nerven zu bewahren. Zu ihrem Glück sind die Makler und Architekten außer Haus. Gefasst wendet sie sich an die Azubis. „Ihr habt heute erst einmal frei. Ich melde mich wieder bei euch, wenn sich die Situation geklärt hat.“

Die jungen Frauen sehen sich an. Diese Situation hat sie erschreckt; obwohl sie die letzten Jahre mit Stella und Adam einiges gewöhnt waren, hat ihnen dies stark zugesetzt. Die verspäteten Gehaltszahlungen sind plötzlich vergessen. Stillschweigend gehen sie. Stella steht gedankenverloren an die Wand gelehnt.

Max will mit ihr spielen, doch den Hund ignoriert sie. Ihr Blick ist nach draußen gerichtet und in Zeitlupe spielt sich die Entstehung der „Adam-und-Stella–Geschichte“ vor ihren Augen ab. Die Einrichtung der ersten Büroräume, das erste erfolgreich abgeschlossene Geschäft, der Umzug in den Firmenbesitz, die vertrauten Momente, die Liebesspiele in den Büroräumen, die erfolgreichen Abschlüsse im Besprechungsraum. Was auch immer sie die letzten Jahre mitgemacht hat, die Brandt Bauträgergesellschaft blieb konstant auf dem Erfolgsweg nach oben. Und jetzt? Steht ihr Baby, welches sie mit so viel Engagement, mit so viel Liebe mit aufgebaut hat, vor dem Aus? Das darf nicht passieren – schließlich ist das alles, was ihr geblieben ist! Sie zittert; so viel harte Realität ist selbst für Stella zu viel.

Adam betritt das Büro. In der Luft liegt eine Leere und Eiseskälte. Stella dreht sich zu ihm um. Verloren sieht sie ihn an.

„Ich habe Angst."

Er versucht, die Fassung zu wahren, obwohl es ihm diesmal schwerfällt.

„Es ist wichtig, dass wir jetzt zusammenhalten. Sie können uns nichts nachweisen."

Stella überkommt eine plötzliche Wut. Sie schreit ihn regelrecht an:

„Jetzt heißt es wieder ***wir!*** Ich habe deine Taktik so satt! Warum ziehst du mich da rein? Es handelt sich schließlich um ***deine*** Firma und nicht um meine oder gar ***unsere***!"

Es ist endlich passiert! Adam ist fassungslos.

„Ich kann nicht glauben, dass du das zu mir sagst!"

Doch nun ist Stella in ihrem Element.

„Wo warst du, als sie heute das halbe Geschäft auseinandergenommen haben? Weißt du, wie erniedrigend das war? Kannst du dir das im Geringsten vorstellen? Was willst du?"

„Stella, komm runter! Wenn du jetzt nicht zu mir hältst, dann habe ich wirklich ein Problem!" Warum spricht er diese Gedanken nicht aus? Vielleicht, weil sie ihn erschrecken? Weil ihm endlich klar wird, dass, egal in welcher schwierigen Situation er sich befindet, Stellas Liebe und ihr Glaube an ihn diese Situation bewältigen werden? Er sieht sie eindringlich an:

„Was ich will? Willst du etwa, dass wir das hier alles verlieren? Stella, ich bin vielleicht Inhaber und Geschäftsführer, aber dieses Unternehmen ist genauso dein Baby! Denk bitte darüber nach!"

Stella lächelt gequält. Immer eine Antwort parat, Herr Brandt – als ob ihr das noch imponieren könnte! Imponieren nicht, aber er hat wieder einmal recht! Diese Firma ist auch ***ihr*** Baby.

„Was kann ich schon tun, um ‚mein Baby' zu retten!"

Adam spricht nun entschlossen:

„Ich brauche deine Falschaussage. Nächste Woche ist Gerichtstermin. Dir kann nichts passieren. Vertrau mir!"

Stellas Blick bestätigt ihm, dass sie sich momentan in einem ziemlich nüchternen Zustand befindet und solche Forderungen ihr Aggressionspotenzial höher steigen lassen. Daher spricht Adam weiter:

„Du bist wütend. Ist in Ordnung, Stella. Vergiss jedoch nicht: Solltest du eine Aussage verweigern, tust du dir selbst keinen Gefallen. Ich bin der Inhaber, du bist jedoch Mittäterin – die Verhandlungen mit den Handwerkern haben durch dich stattgefunden und damals hattest du noch deine ach so wichtige Handlungsvollmacht! Also, Stella, willst du morgen ohne Job und mit einem Eintrag im Strafregister aufstehen oder schließt du dich mir an? Ich erinnere dich daran, dass wir beide bisher ein gutes Team waren!"

Er sieht sie eindringlich an. Stella schweigt. Sie hat dem nichts mehr hinzuzufügen.

Adam geht aus dem Raum, dreht sich jedoch noch mal um.

„Ich glaube, wir brauchen jetzt erst einmal einen freien Tag. Lass uns morgen noch mal darüber reden!"

Dies ist mit Abstand der schwerste Tag für Stella.

Wie gut sie auch in ihre Traumwelt flüchten kann, die Realität dominiert eindeutig. All das, wofür sie die letzten Jahre gelebt hat, scheint ihr genommen zu werden.

Nervös sitzt sie im Warteraum, bis ihr Name gerufen wird. Sie betritt den Gerichtssaal und nie waren die Schritte so schwer wie in diesem Moment. Wie ein kleines, verlorenes Mädchen auf der Suche nach ihrer Mutter blickt sie um sich, bis der Richter sie bittet, vorzutreten. Wie bereits aus dem Fernsehen bekannt, muss sie sich nun der klassischen Vorstellungsrunde aussetzen:

„Stella Vernaci, 26 Jahre, wohnhaft in München, mit dem Angeklagten weder verwandt noch verschwägert. Sie wissen, dass Sie die Wahrheit sagen müssen, sonst machen Sie sich strafbar." Stella nickt.

Nun erhebt sich der gegnerische Anwalt und wendet sich an Stella:

„Frau Vernaci, Sie haben die kaufmännische Leitung im Unternehmen Brandt Bauträgergesellschaft, allerdings keinerlei Vollmachten. In welcher Beziehung stehen Sie zu Herrn Brandt?"

Stella versucht, sich zu konzentrieren. Sie spürt den ernsten Blick von Adam.

„Er ist mein Arbeitgeber."

Der Anwalt blättert in ihrem Terminkalender, welcher bei der Durchsuchung beschlagnahmt wurde, und macht ein verwundertes Gesicht. „Soso, er ist also Ihr Arbeitgeber. Was bedeutet dann die Bemerkung in Ihrem Terminkalender: ‚Stella & Adam Einjähriges'?"

Stella kontert sofort:

„Ich verstehe nicht ..."

Und Adams Anwalt steht ihr auch schon hilfreich zur Seite:

„Was hat das mit diesem Sachverhalt zu tun?"

„Sehr viel. Frau Vernaci und Herr Brandt haben eine private Beziehung. Daher ist sie für mich von vornherein eine unglaubwürdige Zeugin!“

„Das sind doch Spekulationen!“

Der Richter wendet sich an Stella:

„Stimmt das?“

Jetzt wird Adam nervös. Als Weltherrscher und somit auch Frauenversteher weiß er, wozu das weibliche Geschlecht bei unerwiderter Liebe in der Lage ist. Doch Stella reißt sich zusammen.

„Nein, natürlich stimmt das nicht!“

Bei genauem Hinhören erklang in dieser Sekunde nur ein Geräusch: das erleichterte Ausatmen eines doch so kontrollierten Mannes. Stella blickt zu Adam und er lächelt sie dankbar an. Jetzt hätten sich die beiden viel zu sagen, doch das Verhör hat gerade erst begonnen.

Stella wird immer sicherer; anscheinend haben die letzten Jahre mit Adam mehr auf sie abgefärbt, als ihr lieb ist. Sie redet und redet, ohne auch nur einen Gedanken daran zu verlieren, dass sie es nicht ganz mit der Wahrheit hält.

„Herr Lindt, Geschäftsführer unserer gegründeten, kam mitten in der Bauphase zu uns, um uns mitzuteilen, dass seine finanziellen Mittel ausgeschöpft waren. Herr Brandt hat ihm immer pünktlich seine Rechnungen bezahlt. Es ist eindeutig Herrn Lindts Verschulden, dass das Unternehmen Insolvenz anmelden musste!“

Der Anwalt ist etwas irritiert über das wachsende Selbstbewusstsein dieser zarten Person.

„Ach wirklich? Laut den Kontoauszügen bezahlte der Bauträger die Handwerkerrechnungen und nicht der Generalunternehmer! Finden Sie das nicht seltsam?

Oder ist das daraus zu schließen, dass die Kalkulation absichtlich niedrig gehalten wurde, um so einen höheren Gewinn erzielen zu können? Denn, Frau Vernaci, Sie stimmen mir doch zu, wenn ich behaupte, dass jeder vernünftige Generalunternehmer die Kalkulation als viel zu niedrig eingestuft hätte?“

„Das ist Herrn Lindts Problem. Er hat uns diese Kalkulation mit reinem Gewissen vorgelegt.“

Stella lässt sich nicht aus der Ruhe bringen.

„Frau Vernaci, ist es nicht so, dass Herr Brandt diese Firma gegründet und Herrn Lindt lediglich als Geschäftsführer bestellt hat, um seine tatsächliche Arbeitsweise, nämlich die alleinige Entscheidungsgewalt hundertprozentig auszuschöpfen, in Ruhe ausführen zu können?“

Stella lächelt ihm charmant zu.

„Nicht ganz, wenn ich Sie korrigieren darf! Wie Sie schon sagten, er hat diese Firma gegründet und ausschließlich als stiller Teilhaber fungiert. Die Führung des Unternehmens und somit alleinige Entscheidungsgewalt ist ausschließlich auf die Tätigkeit von Herrn Lindt zurückzuführen!“

Und das Lächeln in ihrem Gesicht hört nicht auf. So langsam gefällt ihr dieses Spiel. Der Anwalt beendet seine Befragung, nach wie vor überzeugt, dass Frau Vernaci sich auf diesen Gerichtstermin sehr gut vorbereitet hat.

Er wendet sich ab.

„Von meiner Seite gibt es keine Fragen.“

Stella steht auf und läuft zum Ausgang. Für einen kurzen Moment treffen sich die Blicke von einem wirklich guten Team: Stella und Adam. Die Sekunden scheinen stillzustehen.

Dieses Verhör diente dazu, Adam Gewissheit zu geben, dass Stella immer noch so funktioniert, wie es seine perfekte Welt zulässt, und für Stella war dieser Tag ein weiterer Beweis, wie krankhaft sie an diesem Unternehmen inklusive Geschäftsführer hängt, sodass sie zu fast allem fähig wäre, wenn es darum ginge, diese Welt nicht zu verlieren. Beim Verlassen des Raumes läuft sie an Simon Lindt vorbei, welcher sie enttäuscht und traurig ansieht.

Der nächste Tag und ein leider unglaubwürdiger Zeuge. Simon Lindt wird gerufen.

„Herr Lindt, Sie waren der Geschäftsführer der Firma ‚B & L'. Können Sie uns schildern, wie es zur Geschäftsbeziehung mit Herrn Brandt kam?"

„Herr Brandt und ich, wir sind privat befreundet. Ich hatte keinen Job, war gerade dabei, mich neu zu orientieren, da kam Adam, ich meine Herr Brandt, auf mich zu und meinte, er hätte einen guten Job für mich. Er erzählte mir, dass er ein neues Objekt eingekauft hätte und dieses mit einer eigenen, neu gegründeten Firma sanieren möchte. Da er sich allerdings nicht um alles kümmern könne, unterbreitete er mir den Vorschlag, die Geschäftsführung zu übernehmen."

„Gehe ich richtig in der Annahme, dass Sie nicht wirklich aus der Baubranche kommen?"

Simon nickt.

„Das stimmt, daher wurde extra ein Meister eingestellt, damit dieses Unternehmen auch gegründet werden konnte!"

Der Anwalt kommt zum Punkt:

„Herr Lindt, wer hat die Kalkulation für die Sanierung erstellt?"

Es gibt auch Menschen, die es wagen, sich gegen einen Weltherrscher zu stellen. Wütend und enttäuscht blickt Simon zu Adam, dann wandert sein Blick zum fragenden Anwalt.

„Herr Brandt hat die Kalkulation eigenhändig erstellt."

Zufrieden beendet der Anwalt das Gespräch.

„Keine weiteren Fragen."

In diesem Moment ist eine Freundschaft zu Ende gegangen, welche jahrelang angehalten hat. Und Adam hat bewiesen, dass ihm fast jedes Mittel recht ist, um an sein Ziel zu kommen. Er wird es sich jedoch nicht nehmen lassen, Simon einen letzten tödlichen Blick zu schenken.

Martinas Temperament geht mal wieder mit ihr durch.

„Ich habe es satt, sie ständig anzurufen, nicht zu erreichen und tagelang auf ihren Rückruf zu warten! Sie wird diesem arroganten Arschloch immer ähnlicher!"

Graziano wirkt ernst, was soll er dazu auch sagen? Irgendwie hat sie recht.

„Ich treffe sie später."

Martina sieht ihn mit großen Augen an.

„Ach, wirklich? Wie kommst du denn zu dieser Ehre?"

„Na ja, ich habe ihr erzählt, dass ich eine freudige Nachricht habe und ihr dies nicht am Telefon sagen kann!"

Martina runzelt die Stirn.

„Was für eine freudige Nachricht?"

Graziano blickt freudestrahlend zu seiner Freundin.

„Dass du dich die letzten Monate kein Stück geändert hast und immer noch die alte, zickige Furie bist."

Martina kocht vor Wut, während Graziano liebevoll den Arm um sie legt. Doch auch ihm wird in kürzester Zeit das Lachen vergehen, dafür sorgt Stella schon. Was allerdings auch seine Vorteile hat, denn endlich kann er nachvollziehen, wie Martina sich fühlt.

„Sag mal, ist dir eigentlich klar, in welche Schwierigkeiten du dich hättest bringen können? Ich meine ***Falschaussage*** vor Gericht! Ich bin fassungslos, Stella, dass du dich auf so einen Scheiß einlässt!"

Sein Herz rast, am liebsten würde er Stella wachrütteln; sein Blutdruck ist jetzt mindestens auf 140! Stella allerdings ist die Ruhe schlechthin. Etwas spöttisch blickt sie zu ihm.

„Kann es sein, dass du etwas übertreibst?"

Ganz ruhig, Graziano, ganz ruhig. Versuche, das Richtige zu tun, wie wäre es mal damit: ***Auf Martina hören!***

„Wie weit geht deine Liebe für dieses Arschloch eigentlich noch?"

Stella schweigt.

O. k., das war eindeutig keine gute Idee, auf Martina zu hören. Bleib bei deiner alten Taktik: ***Verständnis!***"

Seine Stimme ist plötzlich wie verwandelt.

„Sag mal, was ist eigentlich mit Adrian?"

Stella sieht ihn fragend an.

„Was soll mit ihm sein?"

„Na ja, habt ihr keinen Kontakt?"

Stella verspürt einen kleinen Wutanfall.

„Wieso sollten wir? Langsam nervt ihr beide mich mit euren Verkupplungen!"

So langsam muss sich Graziano auf die Zunge beißen, um die Ruhe zu bewahren.

„Bitte?"

„Du und Martina, ihr begreift wohl nicht, dass ich kein Interesse an anderen Männern habe. Ich bin mit meinem derzeitigen Leben absolut ausgefüllt!"

„Gott, Stella, was ist bloß los mit dir? Das ist doch krank, was du von dir lässt!"

Fassungslos sieht er sie an:

„Ich hatte nie vor, dich zu verkuppeln. Ich will nur, dass es dir gut geht!"

Ihre nun weniger überzeugenden Worte versucht sie dennoch selbstsicher an Graziano zu richten.

„Graziano, es geht mir sogar sehr gut. Ich bin eine sexuell befriedigte Frau, bin an einem erfolgreichen Geschäft beteiligt, habe ein abwechslungsreiches Leben …"

Graziano schüttelt den Kopf – das will er sich nicht länger anhören – und unterbricht ihre ach so perfekt einstudierte Rede:

„… aber dein Herz ist gebrochen!"

Damit hat er eindeutig die Grenze überschritten! Jahrelang hat sie gebraucht, um sich von dem Gesagten selbst zu überzeugen, und was macht ihr bester Freund? Er tritt ihre perfekt inszenierte Welt mit Füßen. Wie wütend sie doch werden kann! Warum eigentlich? Ist die Wut nicht eher gegen sich selbst gerichtet? Doch in diesem Moment hat sie sich den passenden Schuldigen ausgesucht.

Sie zischt Graziano an: „Was weißt du schon über mein Herz? Bei Adam ist es in guten Händen. Du solltest aufhören, gegen ihn zu arbeiten, das tut unserer Freundschaft nämlich nicht gut!"

Graziano ist mit seinem Latein am Ende.

„Da stimme ich dir zu! Traurig genug, dass dir entgangen ist, dass unsere Freundschaft, wie sie einmal war, schon lange nicht mehr besteht!"

Tief in seinem Herzen weiß er, dass Stellas Reaktion aus purem Trotz und Verzweiflung erfolgte, doch sie hat ihn dieses Mal verletzt und das lässt er sie spüren. Er legt das Geld auf den Tisch, schenkt ihr einen letzten Blick und verlässt die Bar. Stella sieht ihm wütend hinterher und in Sekundenschnelle füllen sich ihre Augen mit Tränen. Tränen der Verzweiflung, aber auch Angsttränen. Hat sie hiermit ihren wirklich allerbesten Freund verloren?

Sie muss sich ablenken! Davon, dass es mittlerweile der Routine angehört, Menschen um sich herum zu verletzen. Und warum? Weil sie ihre *„perfekte"* Welt mit Adam zerstören möchten? Nein, nicht deswegen, sondern weil jeder einzelne von ihnen ***recht*** hat, sie das weiß, doch auch Stella sich ungern in der Verliererrolle sieht!

Die verliebte Geschäftsfrau sitzt in ihrem Büro. Es klopft an der Tür. Ohne einen Blick auf die Tür zu werfen, spricht sie:

„Herein."

Simon öffnet. Stella sieht ihn gefühllos an.

Stillschweigend läuft er auf ihren Tisch zu, setzt sich hin, wartet – doch von ihr kommt nichts. Er schüttelt den Kopf, fassungslos.

„Wie konntest du das tun?"

Sie legt ihren Stift weg, schnauft genervt und blickt zu ihm.

„Warum zieht ihr mich da eigentlich rein? Seid ihr beide, Adam und du, nicht alt genug, um eure Probleme selbst zu lösen?"

Sie spricht es aus und widmet sich wieder ihren Briefen.

„Ich habe dich nirgendwo reingezogen. Warum kannst du nicht einfach bei der Wahrheit bleiben?"

Stella schweigt und dieses Schweigen macht Simon wütend.

„Glaube nicht, dass er das für dich tun würde! Er ist ein Egoist. Du weißt ganz genau, dass ich mit dieser Kalkulation nichts zu tun habe. Stella, wenn ich schuldig bin, dann werde ich mich diesem stellen. Warum machst du dir selbst Probleme? Wir sind für ihn nur Marionetten!"

Stella holt gerade aus, da betritt auch schon der Herrscher den Raum. Freundlich, jedoch mit einer zynischen Art, sieht er zu Simon.

„Simon, was machst du denn hier?"

Das fragt sich dieser, ehrlich gesagt, in diesem Moment auch gerade.

„Ich wollte gerade gehen."

Simon steht auf und verlässt den Raum. Er hinterlässt ein Gewinnerteam, welches aus einer Kämpfernatur bzw. einem geborenen Gewinner besteht sowie einer ***Frau***.

Adam läuft zu Stellas Tisch, sieht sich die vorliegenden Geschäftsbriefe an und, ohne sie eines Blickes zu würdigen, fragt er sie:

„Was wollte er?“

Stella allerdings richtet ihre ganze Aufmerksamkeit auf Adam. Ernst sieht sie ihn an.

„Er wollte einfach nur fragen, warum ich vor Gericht gelogen habe!“

Überrascht blickt er zu ihr.

„Hast du etwa?“

Hm, da ist er wieder, der Moment des „Reiß dich zusammen!“, „Begib dich nicht auf sein Niveau!“ oder einfach der Moment, in welchem sie sich selbst eingestehen muss: „Was für ein egoistisches Arschloch!“ Doch diesmal versucht sie, diesen Moment auf Grazianos Art zu bewältigen. Mit sanfter Stimme stellt sie Adam folgende Frage:

„Wie kannst du deinem Freund das antun?“

Doch spätestens nachdem sie dies ausgesprochen hat, war ihr klar, Martinas Variante wäre eher angebracht gewesen.

„Ich habe meinem Freund eine Firma geschenkt, ihn zum Geschäftsführer bestellt – er hat sich sechs Monate ein Bombengehalt auszahlen lassen! Ich denke, ich habe ihm einen großen Gefallen getan.“

„Ich kann immer noch Martinas Variante anwenden.“

„Ist dir eigentlich klar, wie sinnlos deine lächerlichen Erklärungsversuche sind? Warum hast du es dir zur Lebensaufgabe gemacht, deine Mitmenschen tagtäglich mit Ignoranz und Egoismus zu beglücken?“

Hat sich dieser Versuch jetzt gelohnt? ***Nicht wirklich.*** Fast mitleidig blickt er zu Stella.

„Das war ja eine süße Rede. Und nur deswegen verzeihe ich dir deine Unverschämtheiten. Des Weiteren gebe ich dir einen guten Rat! Denke nicht so viel nach. Ach, und übrigens: Wir kriegen gleich Besuch! Machst du bitte Kaffee, die Handwerker kommen!“

Ich hasse ihn, ich hasse ihn, ich hasse ihn!

„Welche Handwerker?"

„Die, die mich angezeigt haben! Wie wäre es, wenn du dich zum Gespräch dazusetzt und lernst?"

Der Gewinner verlässt den Raum und kluge Menschen beobachten diese Geschöpfe, um von ihnen zu lernen. Vielleicht schafft es die kleine Verliererin, ihn eines Tages so gut zu durchschauen, dass er mit ernsthafter Konkurrenz zu rechnen hat.

Der Kaffee ist gekocht und hochkonzentriert setzt sich Stella an den Tisch.

Der Geschäftsführer der Elektrikfirma Hartl, Herr Weber, ein kleiner unscheinbarer Mann, sitzt aufgewühlt und perfekt vorbereitet mit einem Ordner in seiner Hand direkt gegenüber von Stella. Sein Tischnachbar, der Inhaber der Trockenbaufirma, Herr Atali, blickt ernst zu ihr; Adam würdigt er keines Blickes. Die beiden Herren der Sanitärfirma sowie der Chef des Malerbetriebs, Herr Claus, und zwei seiner Mitarbeiter machen die Runde perfekt. Das Spiel kann beginnen und die Regeln werden selbstverständlich von Herrn Adam Brandt aufgestellt.

Wie schüchtert man seinen Gegner ein? Ganz klar: Es wird der direkte Augenkontakt angewendet. Doch wer spricht hier eigentlich von Gegnern? Wirklich lächerlich, zu behaupten, Herr Adam Brandt hätte Gegner! Trotzdem entscheidet er sich für den direkten Augenkontakt. Jeder Einzelne wird für einen kurzen Moment damit beglückt, während er ruhig und sachlich seine Ansprache hält:

„Auch wenn ihr mich des Betruges angezeigt habt, bin ich bereit, mit euch ein Gespräch zu führen!"

Entsetzen, Wut, Wut, Wut breitet sich aus. Als Erstes spuckt der kleine unscheinbare Herr Feuer:

„Sie erklären sich bereit? Mit welcher Arroganz laufen Sie eigentlich durch die Straßen?"

Ohne eine Miene zu verziehen, schenkt Adam diesem Herrn nun seine gesamte Aufmerksamkeit.

„Herr Hartl, seit wann besitzen Sie Ihr Familienunternehmen? Seit dreißig Jahren? Wir wissen doch beide ganz genau, dass die Baubranche in einer tiefen Krise steckt. Wie viele private Bauherren oder gar Bauträger schulden Ihnen Geld?"

Herr Hartl wird den Teufel tun, auf Herrn Brandt einzugehen – oder vielleicht doch nicht …?

„Das tut hier nichts zur Sache!"

Die ruhige Ansprache wird fortgeführt.

„Doch tut es!"

Adam steht auf und holt einen Ordner aus seinem Schrank. Ruhig setzt er sich wieder an seinen Platz und schiebt diesen Ordner ganz langsam in die Mitte des Tisches, schenkt jedem einzelnen Beteiligten einen eindringlichen Blick, welcher seit Jahren bei Stella ziemlich erfolgreich funktioniert, und redet entschlossen weiter:

„Bitteschön, meine Herren. In diesem Ordner finden Sie Finanzierungsbestätigungen für ***drei*** neue Objekte vor. Ich habe keine Geheimnisse vor Ihnen, öffnen Sie den Ordner, blättern Sie durch und – vor allem – achten Sie auf meine zugesicherten Finanzierungssummen; das heißt, ich kann Ihnen keine Märchen erzählen! Frau Vernaci wird heute jedem einzelnen von Ihnen Auftragsbestätigungen für alle Objekt vorlegen, falls Sie Ihre Anzeige zurücknehmen! Und ich würde nicht voreilig entscheiden, denn eine Zusage für drei Baustellen in dieser Größenordnung …"

Er hält einen Augenblick inne, um die irritierten Gesichter auf sich einwirken zu lassen, sich ganz still und innerlich selbst auf die Schulter zu klopfen und dann seinen Satz zu beenden:

„Bekommen Sie nicht jeden Tag!"

Stille. Jeder versucht nun verzweifelt, den Blick des anderen zu fangen, und wie unterhaltsam wäre dieser Moment, wenn die Gedanken jedes Einzelnen laut ausgesprochen werden könnten.

„Verfluchter Mistkerl, den Tod wünsche ich dir!“

„Drei neue Aufträge, das würde meine Firma retten!“

„Nur über meine Leiche, Verbrecher wie du verdienen eine Strafe – aber drei neue Aufträge, meine Frau würde mir die Füße küssen!“

„Ha, jetzt weiß ich, warum ich so verrückt nach ihm bin! Er ist einfach genial! Wie kommt er bloß auf diese Ideen? Nein, Stella, hör auf, so viel nachzudenken. ***Beobachte und lerne!***

Stella kann sich das Grinsen kaum verkneifen, trotz der Wut auf sich selbst ebenfalls eine Marionette von Adam zu sein. Doch hier und jetzt ist sie auf der Seite der Gewinner und das fühlt sich wirklich gut an.

Herr Hartl handelt als Erster. Er holt sein Handy und wählt eine Nummer.

„Guten Tag, kann ich bitte Herrn Rechtsanwalt Mayer sprechen?“

Während der Wartezeit in der Leitung blickt Herr Hartl zu Adam, welcher ihm ein zufriedenes Lächeln schenkt.

„Scheiß drauf, deine Strafe kriegst du schon noch eines Tages. Meine Firma ist mir mehr wert, als deinen verräterischen Arsch hinter Gittern zu bringen.“

Sein Anwalt meldet sich und reißt ihn aus seinen Gedanken.

„Guten Tag, Herr Mayer, Herr Hartl hier. Können Sie bitte ein Schriftstück vorbereiten? Ich ziehe die Anzeige gegen Herrn Brandt auf Betrug zurück! Ich komme heute Nachmittag vorbei! Auf Wiedersehen.“

Adam bedankt sich stillschweigend mit einem Nicken und wendet sich dann zu Stella.

„Stella, kannst du die Auftragsbestätigung vorbereiten?“

Nichts lieber als das. Sie steht auf und kommt nach wenigen Minuten mit drei Auftragsbestätigungen zurück. Natürlich liegt diesen auch schon eine vorläufig schriftliche Bestätigung bei, die Anzeige zurückzuziehen. Adam legt dieses Schriftstück als Erstes zur Unterschrift vor.

„Nur zur Sicherheit, wir sind ja Geschäftsmänner!"

Herr Hartl unterschreibt, seinen Blick auf die Auftragsbestätigungen gerichtet, welche seine Auftragslage um hundert Prozent steigern wird!

Der Sieg ist ihnen sicher, denn diese Geste reicht, um alle anderen von Adams wirklich großzügigem Angebot zu überzeugen. Sämtliche Handys werden nun in Anspruch genommen, Anwaltskanzleien setzen verwirrt die verlangten Schriftstücke auf, faxen diese in Windeseile an die Brandt Bauträgergesellschaft und in einer Stunde verlassen *„glückliche"* Verlierer den Besprechungsraum.

Ein sehr herrschaftlicher Besprechungsraum. Er besticht durch einen riesigen dunklen Schrank – Adam hat ihn bei einer Auktion ersteigert. Er würde niemals ein Möbelstück akzeptieren, welches möglicherweise auf dieser Welt ein zweites Mal angefertigt wurde. Der schwere Eichentisch umfasst zwölf Plätze und jeder Stuhl ist mit rotem Satinpolster ausgestattet. Die Armlehnen erinnern an venezianischen Stil – ein wirklich königliches Gefühl, Platz zu nehmen. Und genau so fühlen sich die zwei Gewinner, welche diesen Raum mit ihrer puren Anwesenheit komplett ausfüllen. Adam sieht zu Stella.

„Jetzt wäre der richtige Zeitpunkt, um ihr hier auf diesem Tisch dieses Röckchen vom Leib zu reißen …"

Doch aussprechen wird er Folgendes:

„Ich hoffe, du hast heute was dazugelernt!"

Stellas Herz schlägt im Rekordtempo und ihr Gedankengang will kein Ende nehmen.

„Und ob ich das habe! Gott, wie männlich du bist, wie klug! Wie gerne würde ich ihn jetzt küssen, mit ihm schlafen und bis morgen Früh seinen Körper ganz nah bei mir spüren … Wie war seine Frage noch mal?" Ach so.

Mittlerweile geübt im Schauspiel setzt sie einen fragenden Blick auf:

„Das wäre?"

Er beugt sich zu ihr.

„Nur die ***Besten*** überleben – und ***wir*** sind die Besten."

Ein verliebtes Lächeln aus weiblicher Sicht und wilder Sex auf dem Besprechungstisch aus männlicher Sicht. Ein weiterer Tag in dieser unendlichen Liebesgeschichte geht zu Ende.

Beobachte, lerne und erinnere dich. Stella sitzt zu Hause – zufrieden, befriedigt und glücklich. Sie wählt Adams Nummer. „The person you are calling ist temporarily not available!" Das wird doch jetzt etwa ihren momentan stabilen Zustand nicht verändern, oder? Nein! *„Ich spiele mit seinen Waffen, dann gehört mir der Sieg."* Nachdenklich läuft sie in ihrem Wohnzimmer auf und ab. Sie denkt nach. *„Wie gewinne ich ihn für mich?"* Ein zufälliger Blick auf ihren Time-Planer entdeckt die herausblitzende Visitenkarte von Adrian. Sie denkt nach: „Vergiss es, das hatten wir schon und statt vor Eifersucht zu toben, hat er mir dafür gedankt, dass ich mit diesem Typen was hatte." Sie denkt nach. Und in ihren Gedanken tauchen plötzlich Martinas Worte auf: „Der Typ ist genial, um dein Selbstwertgefühl aufzupuschen!" Das ist es!

Je selbstbewusster sie wird, desto aufmerksamer wird Adam. Sie wählt Adrians Nummer. Nicht, weil sie auf Martinas klugen Ratschlag hört, und auch nicht, weil sie damit um Adams Aufmerksamkeit buhlt – in Wahrheit tut sie es, weil sie sehr einsam ist. Doch wer gibt sich heutzutage mit der Wahrheit ab, wenn die Illusion so sehr die gebrochene Seele streichelt? „Lewers, hallo?"

Adrian läuft gerade aus seinem Bürogebäude.

Stella sieht in ihr etwas nervöses Spiegelbild, entfernt sich ganz schnell davon und setzt sich mit zittrigen Knien auf die Couch.

„Stella Vernaci, spreche ich mit Adrian?"

Dieser Name ist ihm doch irgendwie sehr positiv in Erinnerung geblieben! Adrian bleibt stehen:

„Das tun Sie! Was verschafft mir die Ehre, schöne Frau?"

Das ist Balsam für die Seele ... Sie kommt zum Punkt.

„Ich wollte auf Ihr Angebot zurückkommen. Wann haben Sie denn Zeit?"

Adrian freut sich, diese Frau war zur Abwechslung wirklich was Besonderes.

„Für dich jederzeit! Wie wäre es, wenn ich dich heute Abend um 20.00 Uhr abhole?"

„Sehr gute Idee!"

„Ich freue mich. Bis später!"

Dieses Grinsen in seinem Gesicht macht dem heutigen Sonnenschein ernsthafte Konkurrenz.

Stella legt auf. Sie zittert. Sie ist glücklich. Ihr Herz rast. Und sie verschwendet keinen Gedanken an Adam. Na ja, vielleicht zehn Sekunden später. Aber die eine Minute davor galt alleine ihr und Adrian Lewers und das ist ***definitiv*** ein Fortschritt.

Adrian legt keinen großen Wert auf Etikette. Er holt Stella zwar mit einem Luxuswagen ab, gibt ihr allerdings gleich zu verstehen:

„Am liebsten fahre ich Smart, aber ich war mir nicht ganz sicher, ob ich dir damit imponieren könnte! Also muss nun dieser Umwelt- und Parkplatzgegner herhalten."

Stella lacht, das macht ihn definitiv sympathisch.

„Das nächste Mal bestehe ich auf den Smart – oder noch besser: Wir nehmen die U-Bahn!“

Wie lange ist es her, dass Stella mit der U-Bahn gefahren ist? Der Gedanke alleine zaubert ihr ein Lächeln ins Gesicht. Adrian sieht sie verwundert an. Entschlossen bleibt er in der nächsten Seitenstraße stehen, parkt sein Auto, steigt aus dem Wagen, öffnet Stella die Tür und hält ihr die Hand hin. „Die U-Bahn-Haltestelle ist zwei Straßen weiter!“ Etwas besorgt blickt er auf ihre High Heels.

„Bist du dir sicher?“ Wie selbstverständlich zieht Stella die Schuhe aus. Barfuß und einen Kopf kleiner steht sie ihm nun gegenüber. Adrian ist begeistert – so sehr, dass er stumm vor ihr steht. Stella sieht ihn fragend an.

„Na los, worauf wartest du? Die U-Bahn kommt bestimmt gleich.“

Solch ein Date wird eigentlich für frisch verliebte Teenager gemacht: U-Bahn-Fahrt. Essen im McDonald's, Spätvorstellung im Kino mit anschließendem Popcorn-Bewerfen. Beim Beobachten dieser zwei „Kinder“ würde kein Mensch darauf kommen, dass es sich hier um einen erfolgreichen jungen Unternehmer handelt und um eine unglücklich verliebte Geschäftsfrau, welche seit Jahren verbittert um die Liebe ihres Chefs kämpft.

Warum auch? In Adrians Anwesenheit schießt ihr Selbstbewusstsein raketenartig in die Höhe – oder ist es vielmehr der Grund, dass sie in Adrians Nähe einfach wieder sie selbst sein kann?

„Ich habe Graziano von unserem unerwarteten Date erzählt.“

Es ist mittlerweile früh am Morgen und die beiden beenden diese lange Nacht an ihrer letzten Station: einem unscheinbaren Laden mit der besten Weißwurst, für alle partyerschöpften Gäste.

Stella wird kurz ernst. Wie sehr sie ihren Freund Graziano doch vermisst, dies allerdings nicht vor Adrian zugeben wird. *„Ob Adrian Bescheid weiß?"*

„Und was hat Graziano gesagt?"

„Eigentlich nicht viel, außer: ‚Genieße es, sie ist etwas ganz Besonderes!'"

Er sieht Stellas zärtlichen Blick.

„Muss toll für dich sein, solch einen liebenden besten Freund zu haben!"

Stella versucht, ihre Traurigkeit zu überspielen.

„Ja, das ist es."

Die Bedienung kommt und serviert ihnen ein typisch bayerisches Frühstück zu einer nicht wirklich typischen Frühstückszeit.

Und der Höhepunkt mit Adrian dauert über das Frühstück hinaus. Ist Stella endlich angekommen? Ist das der Mann? Adrian Lewers, 32 Jahre, groß, braunhaarig, mit grünen Augen, einem wunderschönen Körper, erfolgreich und doch so natürlich, unterhaltsam, ein wunderbarer Liebhaber, ein guter Zuhörer!

„So etwas gibt es doch gar nicht!"

Stella läuft mit ihrem Hund spazieren. Der mittlerweile ausgewachsene Golden Retriever Max hat auch einen Narren an diesem Adrian gefressen. Bekanntermaßen haben Tiere einen richtigen Riecher, auch bei der Partnerwahl. Sie setzt sich auf eine Parkbank und dieses Mal fühlt sie sich wie eine von *„ihnen"*, den verrückten Verliebten, den Jogginganzugträgern, den ungeschminkten, selbstbewussten jungen Frauen, welche sich mit ihrer bleichen Haut in die pralle Mittagssonne legen. Stella schmunzelt. *„Will-*

kommen in meiner neuen perfekten Welt!“ Aber irgendwo ist der Haken …

„Wie wäre es eigentlich, wenn du bei mir anfängst?“

Adrian und Stella fahren zum gemeinsamen Mittagessen. Seit Wochen holt er sie von der Firma ab, lädt sie zum Essen ein und bringt sie danach wieder ins Büro. Adam gefällt diese Entwicklung gar nicht. Seitdem er von Stellas täglichem Ritual weiß, lässt er sich jeden Tag genau zur Mittagszeit eine Ausrede einfallen, um Stella ans Büro zu fesseln. Doch dieser *geniale* Plan geht leider nicht auf. Stella genießt die Aufmerksamkeit, welche Adrian ihr entgegenbringt.

Überrascht blickt sie zu ihm:

„Bitte?“

„Na ja, ich dachte da an einen Exklusivvertrag für all meine Immobilien. Über Details können wir uns ja im Büro unterhalten.“

Meint sie ihre nun folgende Antwort ironisch?

„Findest du nicht, wir sollten das Geschäftliche vom Privaten trennen?“

War das ihr zweites Ich? Oder hat sich mittlerweile ihre beste Freundin Martina so sehr in ihrem Gedächtnis festgefahren? Wie auch immer, verwirrt über sich selbst wartet sie auf eine Antwort.

„Stella, ich biete dir eine Partnerschaft an und kein Angestelltenverhältnis! Und das tue ich nicht, weil ich dich als Frau begehre, sondern weil ich beeindruckt bin, mit welcher Professionalität du arbeitest! Denk einfach darüber nach!“

Er zwinkert ihr zu. Stella sieht ihn traurig an. Das ist der Mann, welchen sie seit Jahren versucht, zu formen. Nun steht das Originalpaket vor ihr und was macht sie? Sie denkt daran, wie sie die Kopie namens Adam dazu bringen kann, so wie Adrian zu handeln, zu fühlen, zu denken. Und wenn man vom Teufel spricht, kann dieser auch nicht mehr weit sein. Wie ferngesteuert gleitet Stellas Blick auf die Straße und erblickt das heilige Fahrzeug und seinen stolzen Inhaber. Adam kommt ihnen langsam entgegen. Müssen sie sich ausgerechnet jetzt in einer Dreißiger-Zone befinden? Abwechselnd sieht Adam zu Adrian, dann zu Stella. Sein Blick ist leider nichtssagend, eigentlich fast schon angsteinflößend!

Stella befindet sich in einem tranceähnlichen Zustand. *„So viele Straßen in München und er muss uns entgegenkommen! Eigentlich ganz gut! Sieh nur her, Adam! Das, was du kannst, kann ich schon lange!“* Sie hört Adrians Stimme:

„Stella, alles o. k. bei dir?“

„Ja, entschuldige bitte, ich war in Gedanken.“

Adrian runzelt die Stirn. Da er nicht weiß, wer Adam ist bzw. wie er aussieht, hat er den Moment des zufälligen Zusammentreffens nicht wirklich mitbekommen. Er sieht nachdenklich zu Stella.

„Ja, das warst du!“

Das nun folgende Schweigen ist schon fast zu hören.

Wie fühlt sich das wohl an? Ernsthafte Konkurrenz zu bekommen? Auch ein Adam muss diese Erfahrung nun machen. Angespannt sitzt er mit Samuel in einer Szenebar und trinkt einen Ramazotti nach dem anderen. Samuel ist von seinen sich stetig intensivierenden Launen langsam genervt.

„Was ist eigentlich los? Seit Wochen kann man mit dir nichts mehr anfangen! Hast du Probleme in der Firma?“

Doch Adam schenkt ihm keine Beachtung. Wie es der liebe Zufall so will, entdeckt er diesen ihm noch unbekannten Mann, welcher sich an der Bar ein Getränk bestellt. Das ist er! Sein erster wahrer Konkurrent!

„Ich bin in einer Minute wieder da!“

Er steht auf und läuft zu Adrian. Die zwei Herren sehen sich kurz an.

„Entschuldigung die Störung, hallo, Adam Brandt."

Er reicht seinem Gegner die Hand. Adrian besticht wie immer durch seine natürliche Freundlichkeit.

„Hallo, Adrian Lewers. Was kann ich für Sie tun?"

„Du könntest die Finger von Stella lassen!"

Huh! Wo bleibt denn das perfekte Auftreten eines Herrn Brandt, stets kontrolliert, perfekt vorbereitet auf sämtliche Überraschungen, welche das Leben so mit sich bringt? Verliert er jetzt etwa die Kontrolle? Immerhin befindet er sich in einer Ausnahmesituation. Adrian kann nicht glauben, was er gerade gehört hat. Verwundert blickt er auf sein mittlerweile ziemlich wütendes Gegenüber.

„Entschuldigung, ich verstehe nicht ganz?"

Ja, wie denn auch? Versteht Adam eigentlich seinen nicht wirklich herrschaftlichen Auftritt? Spielt jetzt auch keine Rolle. Der Mann hat in diesem Moment nur ein Ziel: die schnellstmögliche Vernichtung des Feindes. Seine Augen glühen.

„Ich wiederhole mich ungern, aber bitteschön: Stella arbeitet für mich und Stella spielt auch in meinem Privatleben eine Rolle! War das jetzt verständlicher!?"

Adrian sieht ihn fast mitleidig an und ein Lächeln kann er sich über dieses seltsame Verhalten auch nicht verkneifen.

„Stella Vernaci? Diese Frau ist viel zu intelligent, um sich mit so einem Vogel abzugeben!"

Er blickt fragend zu Adam.

„Wer auch immer du bist, entschuldige mich, aber ich würde meine Zeit hier gerne sinnvoller nutzen, statt mir deine lächerlichen Drohungen anzuhören!"

Er spricht es aus und wendet sich charmant von Adam ab.

Falsche Antwort und falsche Reaktion!

Adam dreht durch. Mit seiner Faust schlägt er Adrian ins Gesicht. Dieser fällt sofort zu Boden. Adam beugt sich zu ihm.

„Halte dich fern von ihr! Ich warne dich!"

Samuel kommt leider etwas zu spät. Wer hätte denn auch mit so einer Reaktion gerechnet? Er reißt Adam weg, entschuldigt sich währenddessen peinlich gerührt bei Adrian und verlässt mit seinem Freund die Bar.

Adrian versucht, sich wieder aufzurichten. So richtig hat er nicht wahrgenommen, was gerade passiert ist. Doch der Schlag hat gesessen. Sein Kopf fühlt sich tonnenschwer an und seine linke Wange schmerzt. Der Barchef kommt ihm entgegen.

„Herr Lewers, kann ich Ihnen helfen? Soll ich die Polizei anrufen?"

„Nein, danke, ist schon gut. Ich lebe ja noch."

Gequält lächelt er den Barchef an, welcher ihm eine Eistüte reicht. Noch etwas benommen drückt er diese gegen die schmerzende Wange.

Samuel ist total aufgelöst. Er erkennt seinen Freund gar nicht wieder.

„Sag mal, spinnst du?"

Dieser Aussage kann er leider nichts mehr hinzufügen, denn Adam, immer noch wutentbrannt, unterbricht ihn:

„Tu dir selbst einen Gefallen und sprich mich nicht an!"

Er läuft zu seinem Auto, steigt ein und fährt mit einem dementsprechenden Druck auf das Gaspedal los. Samuel sieht ihm verwirrt hinterher. Soll er noch mal in die Bar laufen und sich nach dem Wohlbefinden dieses jungen Mannes erkundigen? Nicht wirklich, ist schließlich nicht sein Problem.

Adrian hat das heutige Date mit Stella abgesagt. „Seltsam, seit ich ihn kenne, hatte er immer Zeit für mich!" Nachdenklich sitzt sie in ihrem Wohnzimmer und stellt fest, dass sie in solchen Momenten keine Freunde hat, welche sie anrufen kann. Bei Graziano hat sie irgendwie den Moment verpasst, sich zu entschuldigen oder ein Gespräch zu führen. Leider hält sich ihre Sturheit bis heute. Martina hat sich diesmal Graziano angeschlossen, in einer E-Mail teilte sie ihr mit, dass ihr derzeitiges Verhalten unentschuldbar sei. Sie hofft, eines Tages wieder ihre alte Stella vorzufinden, bis dahin kann sie auch ohne ihre Anwesenheit leben! Wie taktvoll Martina doch sein kann. Stella hat diese E-Mail wörtlich genommen und empfindet – zurzeit – nur noch Wut für ihre Kindergartenfreundin. Der Abend gehört also Stella und ihrem Hund.

Einen Stadtteil entfernt sitzt Martina mit ihrem Freund beim Essen. Die beiden sind seit sechs Jahren zusammen und genießen die Vertrautheit. Graziano hat Besuch von einem seiner Exfreunde. Selbstverständlich ist Graziano mit all seinen verflossenen Männern im Guten auseinandergegangen und so verbringt er manch einsame Abende damit, bei aktuellem Liebeskummer mit Rat und Tat zur Seite zu stehen. Adam sitzt allein zu Hause. Er denkt nach. Worüber, weiß er allerdings selbst nicht wirklich. Und das heutige Opfer des Herrschers, Adrian Lewers, lenkt sich diesen Abend mit Arbeit ab; vielleicht wird er morgen Stella darauf ansprechen – oder vielleicht auch nicht.

Morgen ist bereits heute. Adrian hat eine ziemlich kurze Nacht hinter sich. Seine Wange schmerzt nach wie vor und bei genauer Betrachtung ist ein leichter Bluterguss zu erkennen.

„Frau Schmidt, sind Sie so lieb und befreien mich heute von sämtlichen Telefonaten? Ich brauche etwas Ruhe."

Die Sekretärin sieht besorgt zu ihrem jungen Chef.

„Selbstverständlich, Herr Lewers, wenn ich sonst noch etwas für Sie tun könnte?"

Adrian lächelt.

„Danke, das war's erst einmal."

Er läuft zurück in sein Büro, setzt sich an seinen Schreibtisch und greift nach einem Exposé von der Brandt Bauträgergesellschaft. Doch sein Interesse gilt nicht der Aufmachung, vielmehr konzentriert er sich auf das Kleingedruckte und entdeckt den herrschaftlichen Namen, Gerichtsstand München.

Geschäftsführender Gesellschafter: ***Adam Brandt***.

Sein Blick wirkt sehr nachdenklich. Obwohl er allen Grund dazu hätte, sich ausschließlich mit Adam zu beschäftigen, damit, wie er ihm eine Lektion erteilen könnte, oder ob er ihn gar anzeigen sollte, gelten seine Gedanken jetzt Stella.

„Wann ist er denn wieder im Büro?"

Stella läuft hektisch die Prinzregentenstraße entlang. Ein seltsames Gefühl breitet sich in ihrer Magengegend aus. Dass sich Adrian gestern nicht gemeldet hat, fand sie für sein sonstiges Verhalten schon seltsam und nun kann sie ihn wieder nicht erreichen!

„Das kann ich Ihnen nicht sagen, er hat heute einen vollen Terminkalender!"

„O. k., danke! Sagen Sie ihm bitte, er soll Stella zurückrufen!"

Sie legt auf, steigt in ihr Auto ein und fährt zu Adrian ins Büro. Denn ihre weibliche Intuition teilte ihr ganz klar mit, dass Adrian heute ***keinen vollen Terminkalender*** hat.

Mit lauten Schritten betritt sie das Bürogebäude und läuft direkt in das Vorzimmer des Firmeninhabers. Frau Schmidt sieht sie verwirrt an.

„Frau Vernaci, Herr Lewers ist nicht …"

Stella sieht die ältere Dame am Schreibtisch liebevoll an.

„Herr Lewers wird jetzt gleich von mir überrascht!"

Bei so viel Charme kann auch eine Frau Schmidt nicht widersprechen. Stella öffnet Adrians Tür. Dieser blickt tatsächlich überrascht in ihr strahlendes Gesicht und ihre reine Anwesenheit zaubert auch ihm in kürzester Zeit ein Lächeln ins Gesicht.

„Stella, meine Hübsche, was kann ich für dich tun?"

Mit einem Augenzwinkern wendet sie sich an ihn.

„Sag mal, du wolltest doch deine Sekretärin feuern, wenn Sie dich bei mir verleugnen sollte?"

Adrian sieht sie nachdenklich an: *„Nie im Leben hat so ein charmantes, selbstbewusstes Wesen eine Beziehung mit so einem Vogel"*, Adrian verspürt eine gewisse Erleichterung.

„Setz dich."

„Was hat er denn da im Gesicht? Der hat sich doch nicht etwa geprügelt?"

Intuitiv berührt sie seine angeschwollene Wange.

„Was ist passiert?"

Adrian wendet sich kurz ab.

„Nichts von Bedeutung! Lediglich ein schmerzhafter Zahnarztbesuch mit anschließender Schwellung! Tja, da müssen auch harte Jungs durch!"

Er überlegt einen kurzen Augenblick, dann sieht er eindringlich zu Stella.

„Hast du eigentlich noch mal über mein geschäftliches Angebot nachgedacht?"

„Dein Angebot?"

„Können wir nicht so weitermachen wie bisher?" Stella versucht, die richtigen Worte zu finden:

„Wie soll ich sagen? Weißt du, ich hänge sehr an meinem derzeitigen Job."

Eine Antwort, welche Adrian sofort in die harte Realität zurückholt. In Sekundenschnelle tauchen alle bisherigen offenen Fragen auf. Sie hat nie bei ihm übernachtet, weil sie ja für diesen Typen parat stehen musste. Sie hat ihn nie ins Büro eingeladen, um ihn vorzustellen. In der Öffentlichkeit hat sie stets seine Nähe vermieden und wenn der „Chef" anrief, dann musste sie immer ***sofort*** weg. Als Krönung sieht er noch einmal die Faust, welche ihm ins Gesicht schlägt.

„Gott, Junge, du warst ja echt blind vor Liebe!" Er muss über sich selbst lächeln.

„So, tust du das? Eine Frage hätte ich noch, Stella. Hängst du an dem Job oder an den Leuten, mit welchen du …",

er denkt kurz nach,

„ … lass es mich mal so formulieren: an der Person, ***für*** die du arbeitest?"

Sein Blick wirkt traurig. Stellas Augen füllen sich mit Tränen, doch sie reißt sich zusammen. Eine Antwort auf diese Frage hat sie nicht, benötigt sie auch nicht, denn Adrian kennt die Antwort. Den stillen Moment unterbricht er:

„Es tut mir leid. Ich habe heute einen vollen Terminkalender."

Stella nickt. Es wird Zeit, sich zu verabschieden.

„Natürlich."

Sie steht auf und läuft zur Tür. Adrian ruft ihr kurz hinterher:

„Pass auf dich auf, versprich mir das!"

Der Winter ist mal wieder eingebrochen, brilliert jedoch dieses Jahr ausschließlich mit ekligem, nassem Wetter. Stella registriert dieses Regenwetter nicht wirklich. Selbst der schönste Schneezauber könnte ihr nicht mehr imponieren. Sie sitzt zu Hause und weint. Ein Bild, welches ihr Hund Max seit Wochen wahrnimmt. War das eigentlich nicht ursprünglich der Hund von Stella und Adam? Natürlich, Adam ist der stolze Besitzer und Stella kümmert sich um den Rest!

Auch wenn dieser Hund ihr so viel Liebe entgegenbringt, ihren derzeitigen seelischen Zustand kann selbst das Tier nicht ändern.

Die wichtigsten Menschen in ihrem Leben sind nicht mehr da und ihre Sehnsucht und Traurigkeit hat mittlerweile ihren Höhepunkt erreicht. Zumindest hat sie erkannt, dass die wichtigste Person in ihrem Leben ***nicht*** Adam ist, sondern dass es Graziano, Martina und ihre Familie sind. Sie greift nach dem Telefon und wählt Grazianos Nummer. Der Anrufbeantworter meldet sich:

„Hi, ich bin es. Bist du zu Hause? Ich würde dich gerne sehen. Ruf mich doch bitte zurück."

Sie legt auf. Endlich hat sie sich dazu überwunden, seine Nummer zu wählen, und dann ist er nicht da. Doch sie muss jetzt mit ihm reden. Sie nimmt ein Kuvert aus ihrer Schublade, zieht ihren Mantel an, steckt den Umschlag ein und verlässt die Wohnung.

Max freut sich auf einen weiteren Spaziergang, welcher ihn direkt zu Grazianos Wohnung führt. Eigentlich ein wirklich charmanter Anblick, der klatschnasse Hund, welcher es sich nicht hat nehmen lassen, alle am Weg liegenden Pfützen zu inspizieren, und Stella mit verschmiertem Make-up, nassen Haaren und dementsprechend wasserdurchtränkter Kleidung. In wenigen Sekunden bildet sie eine neue Pfütze direkt vor Grazianos Haustür. Sie klingelt. Einmal, zweimal – keine Reaktion. Doch Graziano ist zu Hause. Er sitzt in seinem Wohnzimmer, will jedoch die Tür nicht aufmachen. Stella hat sich eindeutig zu viel Zeit gelassen, um sich bei ihm zu melden. Er ist enttäuscht und traurig. Doch Stella gibt nicht auf.

Sie spricht durch die Tür:

„Ich weiß, dass du da bist! Wahrscheinlich hast du recht, ich würde an deiner Stelle auch nicht die Tür aufmachen. Ich ... ich möchte nur, dass du weißt, dass du mir fehlst. Ich hoffe, du kannst mir verzeihen!" Ihr lautes Schluchzen hat sie nicht mehr unter Kontrolle. Sie greift in ihre Manteltasche und holt das Briefkuvert heraus. Dieses Schreiben hat sie kurz nach dem Streit mit Graziano aufgesetzt und ihm aus irgendwelchen unerklärlichen Gründen nie überreicht. Sie schiebt den Brief unter die Tür und läuft aus dem Haus.

Der Weg nach Hause führt sie an Liebespaaren, Familien mit kleinen Kindern und alten, zufriedenen Menschen vorbei. Jeder einzelne lächelt sie an, fast so, als ob er ihr etwas von seinem Glück auf ihren Weg mitgeben möchte.

Graziano öffnet das Kuvert und liest das Geschriebene laut vor:

Mein liebster Freund,
ich habe mich verloren, verzeih mir. Meine selbstlose Liebe zu Adam entwickelt sich zur krankhaften Abhängigkeit. Sie hat mich nicht stark gemacht, wie ich immer gedacht habe, sie hat mich vielmehr schwach gemacht. Sie hat mich definitiv an meine emotionalen Grenzen gebracht. Sag du mir: Wie viel seelischen Schmerz kann ein Mensch ertragen? Ich habe Verlustängste. Der Gedanke, dass meine Liebe zu ihm eines Tages nicht mehr existiert, versetzt mich in panische Angst. Du hast zu mir gesagt, ich leide, weil ich leiden will. Vielleicht hast du recht. Aber ich bitte dich, lass du mich nicht leiden! Du fehlst mir!
Stella

Er weint – nicht vor Rührung. Er weint, weil es seiner lieben Freundin so schlecht geht und er diesen Zustand nicht ändern kann. Sein Blick richtet sich nach draußen. Irgendwo in dieser Stadt läuft Stella einsam die Straßen entlang, Adam beglückt höchstwahrscheinlich das „Il Tartufo“, Adrian denkt vielleicht gerade an Stella, und Martina …? *„Ich muss Martina anrufen!“*

„Hallo, mein Freund.“

„Hast du kurz Zeit? Ich muss dir etwas vorlesen …“

Jeder halbwegs klar denkende Mensch hätte keinerlei Verständnis mehr für Stella; sie hatte so oft die Möglichkeit, diesen sinnlosen Kampf um Adam zu beenden. Jedes Unternehmen würde sie mit ihrer Fähigkeit und ihrem Fleiß mit Kusshand nehmen. Warum also verschwendet sie all die Jahre in diesem Unternehmen, für diesen Mann? Gibt es denn überhaupt noch eine logische Erklärung? Die Frage lautet doch eher: Seit wann hat Liebe mit Logik zu tun?

Der 31. Dezember. Die jährliche große Party ist schon zu spüren. In diversen Haushalten wird das feierliche Büfett vorbereitet, die Veranstalter rennen hektisch durch ihre angemieteten Partyräume, die etwas edlere Gesellschaft probiert die glamourösen Outfits für diesen Abend an und einsame Singles füllen ihren Einkaufswagen mit reichlich Alkohol, um den ihnen bevorstehenden schrecklichen Fernsehabend mit Schlager-Galas erträglich zu machen. Stella stylt sich. Sie wird heute Abend nach langer Zeit wieder richtig feiern, und zwar mit ihren liebsten Freunden. „Was passiert eigentlich mit Max?“

Graziano spielt mit dem aufgeweckten Hund, während Martina genervt durch das langweilige Vorabendprogramm zappt. Stellas Stimme ertönt aus dem Bad:

„Meine Eltern spielen heute Nacht Hunde-Sitter.“

Sie gesellt sich zu den anderen und präsentiert stolz ihren glamourösen Look. Martina beäugelt sie kritisch:

„Wie wäre es mal wieder mit essen?“

Stellas überschlanke Figur kommt in diesem Outfit extrem zur Geltung – doch dem Kommentar gibt sie keine große Bedeutung. Sie bückt sich zu ihrem Hund, welcher krampfhaft versucht, ihr das Gesicht abzuschlecken:

„Mein Baby hält mich nun mal ganz schön auf Trab."

Bringt so eine eigentlich logische Antwort Martina zum Schweigen? ***Nein!***

„Schlaues Kerlchen, dein Adam. Kauft einen Hund, engagiert dich als Hunde-Sitterin und er genießt nach wie vor seine Freiheit."

„Das ist unser Hund! Und …"

Stella sollte es lassen. Gegen Martinas logische Feststellungen hat sie nun mal keine Chance. Sie wird wie immer von dieser unterbrochen:

„Wie rührend! Warum ist Max zur Abwechslung nicht mal bei ihm, damit du ein bisschen Freiheit hast?"

Höchste Zeit für Graziano, einzugreifen:

„Kinder, heute ist Silvester. Alles, was wir wollen, ist ***feiern***!"

Martina wäre jedoch nicht Martina, wenn sie eine angefangene Diskussion nicht würdevoll beenden könnte. Ihr wütender Blick ist nun auf Graziano gerichtet:

„Warum sagst du nicht auch mal was? Ja, genau Schatz, heute ist Silvester. Warum nimmt Adam sie dann nicht bei der Hand und feiert mit ihr den Jahreswechsel?"

Stella bewahrt die Ruhe. Ein zweites Mal will sie ihre lieben Freunde nicht verlieren.

„Weil ich mit meinen Freunden feiern will."

Dieser Kommentar irritiert Martina. Er hörte sich so echt an. Es wird Zeit, dass sie ihre klaren Gedanken auch mal bei sich behält.

„Kleines, als ob ich nicht wüsste, dass du bis zur letzten Minute vergebens darauf gewartet hast, dass er ein Wort darüber verliert, gemeinsam mit dir Silvester zu verbringen, doch leider hat er es zu deinem Bedauern nicht getan."

Stella sieht ihre Freundin nach wie vor liebevoll an. Martina schweigt und erwidert ihr Lächeln.

Kann nun die sorgenfreie Partynacht losgehen? Graziano und Stella sind definitiv dieser Überzeugung, nur Martina spürt ein seltsames Gefühl – vielleicht eine Vorahnung. Oder doch wieder die klassische weibliche Intuition!

München lebt und der Kampf um ein freies Taxi hat längst begonnen! Der wieder vereinten Truppe, Martina, Graziano und Stella, bleibt dieser jedoch erspart. Dank Grazianos hoher Bekanntschaft hat sich ein guter Freund und Taxifahrer dazu bereiterklärt, den persönlichen Chauffeur für diesen Abend zu spielen. Ein Ziel haben sie nicht. Heute ist ein Abend, um seine Anwesenheit jedem angesagten Lokal zu präsentieren. Und so gehen sie auch vor – betreten einen Klub, trinken, verbreiten gute Laune, hinterlassen einen attraktiven Eindruck – vor allem Stella – und ziehen dann weiter. Noch zwei Stunden und ein nervenaufreibendes Jahr geht vorbei. Welche Wünsche Stella für das kommende Jahr hat, kann man sich fast denken. Die drei betreten den angesagtesten Klub der Stadt und auch hier profitieren sie wieder von Grazianos Bekanntheit. Kein Einordnen in die lange Warteschlange, sondern persönlicher Einlass durch die Hintertür. Der Laden ist voll, die Stimmung ausgelassen. Die Frauen versuchen, sich erotisch auf der Tanzfläche zu bewegen, was bei einigen, durch den mittlerweile erhöhten Alkoholpegel, eher in die Kategorie „lächerlich" einzuordnen ist. Martina wird von dem heißen Klubsound mitgerissen. Sie gesellt sich zu dem tanzenden Volk und lässt es sich nicht nehmen, jeden Einzelnen auf eine lächerliche Art nachzuahmen. „Das grenzt schon fast an ein Wunder, dass sie für ihre Unverschämtheiten noch nicht verprügelt wurde." Stella blickt lachend zu ihrer Freundin. Graziano dagegen blickt auf ein ***großes Problem.*** Die VIP-Lounge glänzt durch … ***Adam Brandt.*** *„Ach, du Scheiße! Hat Stella nicht gesagt, dass er über Silvester wegfliegt?"* Graziano denkt nach und versucht, einen Notfallplan ins Leben zu rufen. Zur ersten Sicherheit stellt er sich vor Stella, um ihr so die Sicht auf den König zu versperren.

„Du, Süße, hier ist es zu voll, lass uns weiterziehen!"

Doch dieses Mal macht Martina den entscheidenden Fehler. Übermütig packt sie Graziano bei der Hand und schiebt ihn auf die Tanzfläche – seine schnelle Flucht zurück zu Stella bringt ihm allerdings nicht mehr viel. Die gefühlten zehn Sekunden freie Sicht haben gereicht, um Stella dieses wunderbare Bild von Adam, der schwarzhaarigen Schönheit, welche er leidenschaftlich küsst, dem Champagner auf dem Tisch und der ausgelassenen Stimmung vor Augen zu halten.

Das war's! Sie so hart mit der Realität zu konfrontieren, hat sie wirklich nicht verdient. Zu wissen, dass er seine Freizeit mit anderen Frauen verbringt, ist eine Sache. Ihn küssend mit einer anderen Frau zu sehen, ist eine ganz andere Sache. Ein Bild, welches die betroffene dritte Person zum Weinen bringen sollte oder gar zu Ohnmachtsanfällen führt. Stellas Reaktion ist da schon etwas seltsamer.

Natürlich ist sie aufgewühlt, kämpft mit diesem stechenden Schmerz in der linken Brust, unterdrückt ihre Tränen und verspürt auch eine leichte Ohnmacht, doch der Schockzustand bringt sie auf eine etwas andere Idee, diesen Moment zu verarbeiten. Sie entdeckt die Theke, welche sich direkt neben der VIP-Lounge befindet, einige Leute tanzen bereits auf dieser und ziehen so definitiv Aufmerksamkeit auf sich – also ein idealer Ort für Stella, denn jetzt ist ***definitiv*** der Zeitpunkt, um die Aufmerksamkeit auf sich zu ziehen. Entschlossen läuft sie in die Richtung. Graziano und Martina sehen ihr fragend hinterher. Die letzte Minute haben sie stillschweigend ihren geschockten Zustand beobachtet.

„Was zum Teufel macht sie da?“

Sie sollte ihre Freundin einfach nicht aus den Augen lassen, dann würde ihre Frage automatisch beantwortet.

Stella steigt auf die Theke. Sie fängt an, zu tanzen – lasziv und temperamentvoll bewegt sie sich zur Musik, ihren Blick pausenlos auf Adam gerichtet. Die Aufmerksamkeit der Menge hat sie bereits. Samuel entdeckt sie. Interessiert beobachtet er sie, dann tippt er auf Adams Schulter und zeigt in Stellas Richtung. Dieser sieht kurz zu ihr, macht ein beeindrucktes Gesicht und wendet sich wieder seiner attraktiven Gesprächspartnerin zu. Stella tanzt immer leidenschaftlicher, verzweifelt versucht sie, Adams Aufmerksamkeit zu bekommen. Ein attraktiver Kerl nähert sich ihr beim Tanzen; Stella lässt es einfach geschehen. Wie versteinert sieht sie Adam an. Sie atmet tief. Der Schockzustand lässt nach. Tränen laufen ihr übers Gesicht, der Schmerz wird unerträglich. *„Du armes kleines Mädchen! Sieh dich an, wie tief du gefallen bist!“*

Für einen Moment bleibt sie stehen. Hat sie ihre Gedanken etwa gerade ausgesprochen, so laut, dass sie alle im Raum hören können? Denn obwohl sie sich in einem Trancezustand befindet, bemerkt sie all die Blicke der Klubgäste. **Fast** alle Blicke, denn eine Person sieht in diesem Moment einer anderen Schönheit tief in die Augen.

Adam sitzt mit dem Rücken zu ihr und unterhält sich angeregt mit der Schwarzhaarigen. Stella schubst den Kerl weg, springt von der Theke und rennt in Richtung Ausgang. Martina will ihr hinterher, doch Graziano hält sie auf.

„Lass sie, das muss sie mit sich selbst ausmachen!“

In dreißig Minuten beginnt ein neues Jahr. Stella rutscht in einen erbärmlichen Zustand hinein. Sie rennt tränenüberströmt die Straße entlang. Wie sie nach Hause gekommen ist und vor allem wann, weiß sie nicht so genau. Wenn sie doch nur jemand aus diesem unerträglichen Zustand befreien könnte. Die Wut auf sich selbst, auf Adam, ist grenzenlos. Zu Hause angekommen, liegt sie kraftlos am Boden. Ihr Blick ist nach oben gerichtet: „Warum musste ich ihm begegnen, warum? Was hast du dir dabei gedacht?" Irgendjemand muss ja Schuld haben für dieses Dilemma und zur Not ist es halt der Allmächtige!

Während sie auf eine Antwort, ein Zeichen, irgendetwas wartet, klingelt ihr Handy! Das Display bestätigt ihr den eingehenden Anruf ihres ganz persönlichen Allmächtigen.

„Adam ruft an."

Sie reißt sich zusammen. Tief einatmen, die Stimme kontrollieren und die Tränen wegwischen. Sie hebt ab.

„Hallo?"

„Hey, hm, frohes Neues! Du warst auf einmal weg, nach deinem heißen Tanz. Bist du zu Hause?"

Nicht zu vergessen! Es ist ein neues Jahr, die Möglichkeit, alles besser, alles anders zu machen! Unentschlossen beißt sie sich auf die Lippen und spricht endlich das einzig Richtige in dieser Situation aus:

„Nein, bin ich nicht! Ich feiere noch weiter bei guten Freunden." *„Tja, schade! Ihren Tanz hätte ich gerne noch privat genauer betrachtet! Na dann eben morgen ..."*

„Hm, ja, dann lass uns morgen telefonieren."

„Ciao."

Adam legt auf und wählt die nächste Nummer.

Stella lässt ihr Handy auf den Boden fallen und fängt an, zu weinen. Das einzig Erträgliche in dieser Situation sind die Erinnerungen, welche sich in Zeitlupe vor ihren Augen abspielen:

Stella und Adam küssen sich das erste Mal.

Stella und Adam beim Spaziergang.

Stella und Adam beim Vertragsabschluss.

Stella und Adam beim Herumtollen mit *ihrem* Hund.

Stella und Adam schlafen das erste Mal miteinander.

Stella und Adam gestalten gemeinsam die Büroräume neu.

Stella und Adam, Stella und Adam, Stella und Adam …

Es klingelt an der Tür. Martina klopft gegen diese.

„Süße, alles o. k. bei dir?“

Keine Antwort.

„Stella, mach auf, bitte!“

Sie liegt immer noch auf dem Boden, wischt sich die Tränen ab, steht auf und öffnet die Tür. Martina tritt ein, will etwas sagen, doch Stella schüttelt den Kopf.

„Nein, bitte, es gibt nichts zu sagen!“

Da hat sie ausnahmsweise recht. Es gibt wirklich nichts mehr zu sagen. Alle Vorwürfe sind ausgesprochen worden, jedes Detail wurde bereits ins Lächerliche gezogen, jede Geste analysiert und diskutiert, jede Hoffnung ausgesprochen. Es ist langsam an der Zeit, zu kapitulieren, sich neue Ziele zu setzen.

Sie hat es getan, sie hat Bewerbungen geschrieben – still und heimlich. Ob sie den Schritt wagen wird und bei einer Zusage geht, steht noch in den Sternen, aber diese Unterlagen zur Post zu bringen und dann abzuschicken, ist für Stella Vernaci definitiv ein enormer Fortschritt. Nachdenklich sitzt sie im Büro. Nora bringt ihr die heutige Post.

„Du siehst erschöpft aus, geh doch nach Hause und leg dich hin, hier ist es zurzeit sowieso ruhig.“

Dankbar für ihre aufmerksamen Worte streitet sie dies jedoch ab:

„Mir geht es gut, danke. Hast du eigentlich schon die Kopien von den Plänen gemacht?“

„Nein, du sagtest doch …“

„Ich sagte, du sollst sie kopieren. Würdest du das dann jetzt auch machen?“

Darum geht es nämlich, ***ausschließlich*** um die Arbeit und sonst um nichts! Manchmal kann sie ihre harte, geschäftliche Seite doch nicht kontrollieren.

Stella läuft in Adams Zimmer, um Unterlagen zu holen. Sie entdeckt Adams Handy. Er muss es liegengelassen haben! Was ist los mit ihm? Niemals würde er sein Handy liegenlassen … Und niemals hätte Stella früher das getan, was sie in der nächsten Sekunde tut! Mitteilungen – Eingang – lesen. Martina sagte einmal: „Stella will gequält werden!“

Maya schrieb: „Gratulation ***Daddy,*** ich bin in der sechsten Woche!

Wir freuen uns, dich später wieder in die Arme schließen zu können!!!???“ Schock!

Ja, was braucht denn Stella noch? Vielleicht eine Tracht Prügel? Oder hilft wirklich nur noch eine richtig teure psychiatrische Behandlung? Während sie geschockt das Handy in der Hand hält, betritt Adam das Zimmer. Er sieht Stella an. Stella legt ganz ruhig das Handy wieder auf das Fenstersims und läuft aus dem Zimmer. Sie dreht sich kurz um:

„Holst du bitte die Leine für Max und auch sonst noch, was du von ihm hast?“

Auf die nun folgende Ausrede ist die Welt gespannt. Sekunden vergehen, doch von Adam ist kein Ton zu hören. Viel besser: Sein Blick ist zum Boden hin gerichtet! Doch leider ist diese „ich bin schuldig“-Geste Stella entgangen. Schon längst hat sie das Zimmer verlassen.

Die Ruhe, welche sie nun ausstrahlt, ist schon furchteinflößend! Nichts ist unendlich und das Ende dieser Geschichte ist bereits spürbar.

Dreißig Minuten später klingelt das Telefon. Stella hebt ab, Adam meldet sich:

„Ich bin es! Hast du dich wieder beruhigt?"

„Ach, er sucht das Gespräch! Dieser kleine Arsch sucht das Gespräch." Jetzt kommt Stella in Fahrt. Völlig aufgelöst brüllt sie in den Hörer:

„Beruhigt? Du fragst mich, ob ich mich beruhigt habe? Mit welchem Recht? Habe ich dir etwa eine Szene gemacht? So, wie du es verdient hättest? Warum tust du mir das an? Ich frage mich, warum du mir das antust!"

Seltsamerweise legt Adam nicht auf, er hört sich alles ganz genau an.

„Lass uns das nicht am Telefon besprechen. Ich bin im Seehaus, treffe mich mit Herrn Mayerhöfer. Pack bitte Max ein und komm hierher. Das Treffen dauert nicht lange, dann können wir uns in Ruhe unterhalten, bitte, Stella!"

„Wie? Was hat er gerade gesagt? Er will sich in Ruhe mit mir unterhalten? Hat er mir jetzt befohlen, da rauszufahren?"

Stella schweigt.

Adam setzt seine Rede ruhig fort: „Ich warte auf dich."

Adam weiß, dass sie kommen wird. Er legt auf. Stella hat den Hörer immer noch in der Hand. Verzweifelt sitzt sie an ihrem Tisch. Sie weint bitterlich. Sie redet mit sich selbst, ihr Blick starrt ins Leere. Seine Worte sind nochmals zu hören:

„Ich warte auf dich!"

Verzweifelt redet sie mit sich selbst.

„Er wartet und du springst." Nicht ganz!

Selbstverständlich wird sie rausfahren, doch dieses Mal wird es nicht aus Sehnsucht oder gar Hoffnung sein, dieses Mal fährt bzw. „springt sie", weil Adam ihr seit fünf Jahren ein klärendes Gespräch schuldet!

Die Fahrt dauert Ewigkeiten, Max allerdings genießt das Cabrio-Feeling und zieht somit alle Blicke auf sich! Wem zaubert der Anblick dieses Hundes, welcher mit geschlossenen Augen den Wind bei der Autofahrt genießt, kein Lächeln ins Gesicht? Seiner Besitzerin! Die ist ausschließlich damit beschäftigt, ihren wirren Gedankengang bis zur Ankunft am Zielort zu sortieren!

Trotz der Tatsache, dass der Frühling noch nicht angebrochen ist, wird München mit strahlendem Sonnenschein und warmen Temperaturen beschenkt. Ein Glück für Stella, denn so kann sie berechtigterweise ihre Sonnenbrille, welche ihre angeschwollenen, verweinten Augen versteckt, aufbehalten! Herr Mayerhöfer begrüßt sie herzlich:

„Frau Vernaci, schon lange nicht mehr gesehen. Wie geht es Ihnen denn?"

„Gut, danke!"

Sie deutet auf ihre Sonnenbrille.

„Entschuldigung, aber ich habe sehr empfindliche Augen bei starkem Sonnenschein."

Herr Mayerhöfer nickt.

„Kein Problem, lassen Sie sie auf, Sie sehen sowieso etwas müde aus!"

Er wendet sich Adam zu:

„Gönnen Sie Ihrer Lebensgefährtin doch etwas mehr Urlaub."

„Sie hat viel mehr als einen erholsamen Urlaub verdient!"

Gott sei Dank verbirgt ihre große schwarze Sonnenbrille ihren eben aufgesetzten, verachtenden, tödlichen Blick, welcher Adam für diesen schleimigen Kommentar galt. Um sich jedoch nichts anmerken zu lassen, lächelt sie gequält. Herr Mayerhöfer hat es allerdings eilig und verabschiedet sich nach einer kurzen Unterhaltung.

Jetzt ist der Moment gekommen. Adam und Stella sitzen an einem Tisch und werden sich über ein Thema unterhalten, über ihre *seltsame* Beziehung, und nach dem Gespräch wird Stella hoffentlich ihr Ziel erreicht haben, oder?

Adam eröffnet die Rede:

„Sag, was du zu sagen hast."

„Wie bitte? Das ist jetzt wohl ein Scherz!"

Voller Wut, allerdings ***noch*** mit einer Portion Ruhe gepaart, zischt sie ihn an:

„Du bestellst mich hierher, um von mir irgendetwas zu hören?"

Adam zeigt sich unbeeindruckt.

„Stella, ich weiß gar nicht, warum du dich so aufregst! Ich meine, ich habe dir nie eine Beziehung versprochen. Des Weiteren hast du auch nie selbst erwähnt, was du willst!"

Stella setzt ihre Sonnenbrille ab. Er soll sie sehen, in all ihrem Schmerz, ihrer Hilflosigkeit, ihrer Fassungslosigkeit. Sie hat lange genug die Starke gemimt – heute ist der richtige Tag, um damit aufzuhören.

„Seit du in mein Leben getreten bist, dreht sich alles um dich. Ich habe dein Geschäft mit aufgebaut, ich war die letzten Jahre deine beste Freundin, deine Geliebte, deine Geschäftspartnerin, deine Haushaltshilfe. Ich kümmere mich rührend um ‚unseren' Hund. Ich war – bin – immer für dich da gewesen. Wann genau warst du dir nicht sicher, was ich von dir will? Du machst mich krank, ich habe deine Lügen so satt. Ich habe es satt, die Starke zu mimen, ich habe es satt, meine ganze Energie in dich zu stecken. Mach, was du willst, lass mich einfach in Ruhe!"

Das fühlte sich gut an für das Opfer. Und wie geht es dem Täter? Etwas verwirrt hört er sich sprechen:

„Willst du es beenden?"

Stella schüttelt den Kopf: „Es gibt doch gar nichts zu beenden! Das sind doch deine Worte!"

Stella ist klar im Kopf und das spürt Adam das erste Mal nach so vielen Jahren. Sie entfernt sich langsam von ihm – oder hat sie sich bereits komplett entfernt?

„Stella, lass es doch einfach auf uns zukommen, dann sehen wir, was passiert."

Stellas Blick ist leer.

„Lass mich einfach nur meine Arbeit machen, ansonsten tu, was du die letzten Jahre getan hast. Ich habe in deinem privaten Leben nichts zu suchen."

Eine gewisse Panik bricht nun in Adam aus.

„Ist das dein letztes Wort?"

„Ja, das ist mein letztes Wort."

Sie steht auf und ruft nach Max. Adam nimmt ihre Hand, doch er spürt nichts. Erschrocken lässt er sie wieder los.

Das war er also, der Kampf um Adam. Ihr Ziel hat sie nicht erreicht. War alles umsonst? Wie geht es weiter? Von ihren Bewerbungen hat sie noch keine Rückmeldung erhalten.

Mit jedem Tag, an welchem sie das Büro betritt, wächst ihr Wunsch nach einer neuen Jobzusage. Der Arbeitstag verläuft schon lange nicht mehr euphorisch; ihr Einsatz für dieses Unternehmen beschränkt sich auf die nötigen Sachen, sie hält piekgenau die klassischen Bürozeiten ein und alles, was über ihr Aufgabengebiet als Angestellte ***ohne*** Vollmachten hinausgeht, wird von ihr verweigert. Adam versucht, diese für ihn doch nachteilige Entwicklung zu ignorieren; im Gegensatz zu Stella hat er all seine Ziele erreicht!

Das Unternehmen ist mittlerweile so gefestigt, dass man als zukünftiger Immobilienkäufer an dieser Firma nicht vorbeikommen kann. Sein Stand beim weiblichen Geschlecht ist nach wie vor erfolgreich und jetzt wird er auch noch Vater – nicht im klassischen Sinne, die Rolle wird sich lediglich darauf beschränken, seine doch einzigartigen Gene dieser Erdkugel zu hinterlassen – und gibt es ein schöneres Bild, als seinen wöchentlichen Brunch in den schicken Münchner Cafés mit einem Baby im Arm zu genießen? Doch bei dieser gesamt erfolgversprechenden Situation entgleitet ihm still und heimlich sein größter Halt im Leben: sein Zuhause namens Stella. Noch ist sie da und Adam erklärt ihre Ignoranz die letzten Wochen als einen vorübergehenden Zustand …

Stella sitzt in ihrem Büro und kontrolliert das Berichtsheft von Arzu.

„Was soll das? Dir ist doch klar, dass die Berufsschule Konsequenzen daraus zieht, wenn du dein Berichtsheft nicht regelmäßig führst!“

Arzu sitzt vor ihr und feilt sich die Nägel; natürlich würdigt sie Stella keines Blickes.

„Ich habe, weiß Gott, andere Sorgen als dieses blöde Berichtsheft!“

Selbstverständlich hat sie keinen Respekt vor ihr, denn Stella hat was mit ihrem Onkel und des Weiteren ist sie nicht viel älter. Stellas Wut über ihr Verhalten hält sich noch in Grenzen.

„Das interessiert mich nicht. Du bist hier Auszubildende und hast dich gefälligst so aufzuführen. Nach 18.00 Uhr kannst du meinetwegen die Nichte des Chefs sein, aber bis 18.00 Uhr tust du das, was ich dir sage!“

Nicht zu vergessen, Arzu gehört Adams Rasse an, welche überwiegend mit schlagfertigen Argumenten brilliert.

„Als mein Onkel dich noch befriedigt hat, warst du um einiges entspannter!“

Da ist sie wieder, diese furchteinflößende Ruhe.

„Weißt du was? Du hast recht! Es gibt, weiß Gott, Wichtigeres im Leben als dein blödes Berichtsheft!“

Stella nimmt ihr Berichtsheft und zerreißt es, dann beugt sie sich zu Arzu.

„Du bist frei! Geh raus in die große, weite Welt und genieße es!“

Der Sieg geht ganz klar an Stella. Arzu sieht sie mit großen Augen an.

„Was soll das heißen?“

Nun würdigt Stella sie keines Blickes.

„Wenn ich dich nicht mehr ausbilde, dann wird dir dein Onkel auch nicht mehr helfen können!“

Mit einem einzigen Blick gibt sie Arzu zu verstehen, das Büro zu verlassen.

„Das wirst du bereuen!“

Wutentbrannt verlässt die kleine freche Göre das Büro. Selbstverständlich wird sie sich bei ihrem Onkel ausweinen, und keine zwanzig Minuten später bittet Adam Stella zu sich ins Büro.

Stella läuft seelenruhig den Flur entlang. Ihr Desinteresse an all diesem Geschehen entspannt sie. Als sie die Höhle des Löwen betritt, hält dieser Zustand weiterhin an. Adam sitzt auf seinem Thron und Arzu siegessicher ihm gegenüber. Wie ähnlich sie ihrem Onkel doch ist … Stella setzt sich entspannt dazu.

„Arzu fühlt sich ungerecht behandelt!“

Er blickt kurz zu seiner Nichte.

„Sag noch mal, was genau dein Problem ist.“

Arzu sieht Adam verwundert an.

„Was meinst du mit Problem? Sag ihr, dass sie mich nicht einfach feuern kann!“

Adam sieht Stella an, dann wendet er sich zu Arzu: „Wie kommst du auf die Idee, dass Stella dich nicht feuern kann? Sie ist deine Vorgesetzte und wenn sie der Meinung ist, das Ausbildungsverhältnis zu beenden, dann wird sie ihre – ich bin überzeugt davon – berechtigten Gründe dafür haben!“

Stella ist nicht wirklich überrascht über diese für sie ziemlich vorteilhafte Aussage. Nach so vielen Jahren kennt sie ihn und weiß, dass er jetzt in diesem Moment selbstverständlich für Stella arbeiten wird, denn sie ignoriert ihn ja!

Arzu ist geschockt.

„Aber …“, dann wird sie durch ihren Onkel unterbrochen:

„Du hattest deine Chance. Ich kann mich höchstens darum kümmern, dich bei einer anderen Firma unterzubringen, aber vorher lass ich mir von Stella besser einiges über deine Arbeitswut mitteilen, um zu wissen, ob sich meine Empfehlungen lohnen.“

Arzu steht wutentbrannt auf. Sie dreht sich um und geht.

„Arzu!“

Sie bleibt kurz stehen, dreht sich erneut um und blickt in die wütenden Augen ihres Onkels.

„Ich denke, es wäre angebracht, wenn du dich bei Stella noch bedankst, schließlich hat sie sich wie kein anderer in diesem Unternehmen für dich eingesetzt!“

Arzu sieht Stella an. Stella sieht weg.

„Den Teufel werde ich tun!“

Ohne ein Wort zu verlieren, verlässt sie das Büro.

„Es tut mir leid. Ich weiß, dass Arzu oft über die Stränge schlägt!“

Stellas Blick ist, wie schon seit Wochen, nicht auf ihn gerichtet.

„Bist du fertig? Ich habe noch viel zu tun!“

Ignoranz ist nicht nur provokativ, sondern auch verletzend; sie versetzt auch einen Weltherrscher in einen hilflosen Zustand.

„Ich treffe mich gleich mit Kaufinteressenten. Kommst du mit?“

Die Hoffnung stirbt bekanntermaßen zuletzt …

„Muss ich?“

„Nein, natürlich nicht!“

„Dann entschuldige mich jetzt bitte!“

Seelenruhig verlässt sie sein Büro und das erste Mal ist Stella wichtig und nicht sein Erfolg, seine Freiheit und seine Gier nach Macht. Doch Stella ist nicht mehr greifbar.

Gibt es überhaupt noch einen Weg, sie zurückzuholen? Adam ist verzweifelt. Ihre stetig anhaltende Ignoranz bringt ihn an den Rand des Wahnsinns. Er muss handeln, sonst dreht er noch durch!

Die beiden sitzen in seinem Büro, besprechen den Kaufvertragsentwurf einer Wohnung bzw. tun nur so. Die Luft in diesem Raum ist unerträglich. Adam bricht das Gespräch prompt ab:

„Max kommt heute zu einer Familie. Räum bitte seine gesamten Spielsachen zusammen, damit ich sie den neuen Besitzern mitgeben kann!“

Das war sein letzter Joker, welchen er noch im Ärmel hatte. Nach den wochenlangen Versuchen, diese Situation zu verbessern, hat er sich dafür entschieden, Stella das Liebste zu nehmen, das Einzige, was die beiden in irgendeiner Art und Weise noch verbindet, und damit hat Stella nicht gerechnet. Sie ist sprachlos. Mit zittriger Sprache beugt sie sich zu Adam:

„Du bist Dreck! Einen einzigen guten Grund gibt es, dass Max wegkommt: Du erlöst diesen Hund von deiner verdammten Anwesenheit!“

Sie steht auf und verlässt das Zimmer. Wütend schlägt sie die Tür hinter sich zu. Adam sitzt an seinem Tisch. Er atmet, immer schneller, dann dreht er durch. Er lacht, doch dieses Lachen erinnert mehr an einen Wahnsinnigen. Wutentbrannt reißt er seine Tür auf, läuft zu Stella. Die beiden sehen sich an und niemand auf dieser Welt kann die angestaute Wut,

Verzweiflung der beiden jetzt aufhalten. Stellas Ignoranz hat ihn in diesen Zustand gebracht. Er packt sie bei den Haaren, schleift sie hinter sich in sein Büro. Stella wehrt sich, doch sie ist ihm körperlich unterlegen. Nora und die Architektin sehen dem Geschehen geschockt zu. In seinem Büro angekommen, schiebt er Max, der aufgedreht auf beide zukommt, grob aus dem Zimmer und knallt die Tür zu. Stella liegt auf dem Boden. Völlig panisch versucht sie, zum Tisch zu krabbeln, um sich am Stuhl hochzuheben, doch Adam kommt ihr zuvor. Er packt sie am Bein, zieht sie zu sich, hebt sie hoch. Stella versucht, ihre Angst nicht zu zeigen.

„Lass mich los, du Arschloch!"

Adam, gereizt bis aufs Blut, schlägt sie gegen den schweren Schrank. Mit seiner Hand um ihren Hals und seinem Gesicht auf das ihre gepresst sagt er: „Nicht dein Vater, deine Freunde, kein Richter dieser Welt wird dir jetzt helfen! Ich entscheide, wie dein Leben verläuft und wann es zu Ende geht, hast du mich verstanden?"

Stella starrt ihn nach wie vor kalt an, sie ist ihm hilflos ausgeliefert, doch sie zeigt selbst jetzt keine Schwäche. In diesem Moment geht die Tür auf; Samuel kommt rein. Er reißt Adam weg.

„Sag mal, spinnst du? Was ist hier los?"

Stella versucht, aus dem Zimmer zu gehen, ihre Knie zittern. Adam packt sie von hinten an ihren Haaren. „Hab ich dir gesagt, dass du gehen kannst?"

Samuel schlägt seinem Freund ins Gesicht – eine andere Möglichkeit hat er nicht gesehen, um seinen aggressiven Zustand zu beruhigen.

„Geh!"

Fassungslos sieht er zu Stella, die fluchtartig den Raum verlässt. Er blickt zu seinem Freund, der sich von dem Schlag erholt.

„Und jetzt mach deinen Mund auf! Bist du wahnsinnig geworden?“

Adam schüttelt den Kopf.

„Sie reizt mich bis aufs Blut!“

Samuel reicht ihm ein Glas Wasser.

„Wie bitte? Sie reizt dich bis aufs Blut und du würgst sie hier? Adam, sie ist nicht dein Eigentum, das ist doch krank! Du hast dich nicht mehr im Griff! Dir ist doch klar, dass sie die Polizei anrufen kann, und ich werde definitiv keine ***falsche*** Aussage machen!“

Samuel setzt sich hin, das eben Geschehene hat ihn erschrocken. Adam sieht zu Max, welcher eingeschüchtert in der Ecke sitzt.

Samuel beobachtet ihn.

„Adam, du kannst dir solche Aktionen in deiner Position nicht leisten! Was auch immer Stella für eine Rolle in deinem Leben spielt – trenne dich davon!“

Trenne dich und finde danach heraus, welche Rolle sie tatsächlich in deinem Leben gespielt hat – danach, wenn es zu spät ist. Adam denkt kurz nach.

„Fahr zu ihr und hol ihre Büroschlüssel. Sie soll ihre Sachen packen!“ Samuel sieht ihn an. Stillschweigend steht er auf und geht.

Er hat nie über sie als Privatperson geredet. Selbstverständlich wusste Samuel, dass die beiden sich körperlich näher gekommen sind, aber ohne irgendwelche Verpflichtungen. Was steckt dahinter, um so dermaßen auszurasten? Liebt er diese Stella? Samuel weiß keine Antwort.

Er klingelt, Stella öffnet ihm die Tür. Ihr Gesicht ist tränenüberströmt. Aufgrund der Würgeangriffe von Adam hat sie zum Schutz einen Schal umgebunden. Wortlos bittet sie Samuel rein.

Dieser, bekannt für sein Desinteresse an anderer menschlichen Problemen, blickt traurig zu ihr. Wenn er ihr jetzt aus dieser schrecklichen Situation helfen könnte, würde er es definitiv tun.

„Alles klar bei dir?“

Welche Antwort soll ihm Stella auf diese wirklich überflüssige Frage geben? Es gibt keine.

Samuel ist überfordert.

„Du, ich möchte mich da auch ehrlich gesagt gar nicht einmischen. Vielleicht ist es besser, wenn ihr das – was auch immer zwischen euch ist – beendet. Ich soll die Büroschlüssel von dir nehmen …

Sie wollte ***es*** doch beenden! ***Sie*** wollte kündigen! ***Sie*** wollte die einzige Möglichkeit, welche ihr noch geblieben ist – würdevoll aus dieser Firma zu gehen – nutzen! Und ***er*** kommt ihr zuvor! Das macht sie so wütend.

„Du sollst was? Er rastet aus, er würgt mich, er hat mir heute zehn Jahre meines Lebens genommen und dann nimmt er mir auch noch meinen Job weg!“

Samuels Überforderung nimmt kein Ende. „Stella, du hattest doch nicht allen Ernstes vor, nach dieser Aktion deiner Arbeit nachzugehen? Ganz ehrlich, Stella! Was willst du denn von ihm?“

„Ich will meinen Job, den ich mir hart erarbeitet habe, behalten!“

„Warum lügst du dich selbst so an? Du willst ***ihn,*** sonst gäbe es keinen wirklichen Grund, weiter in dieser Firma zu arbeiten.“

Es ist plötzlich ruhig. Samuel hat dies ohne nachzudenken ausgesprochen und Stella wird nochmals an die letzten Jahre erinnert.

„Hat er dir jemals gesagt, was er von mir will?“

Sie wird nicht die Antwort bekommen, welche sich gut anfühlt. Sie wird die Wahrheit bekommen, welche ihr dieses bevorstehende Ende erleichtern wird.

„Du warst nie ein Thema, es tut mir leid, dass ich dir das sagen muss! Du bist ihm vielleicht nicht egal, aber du bist nicht das, was du dir erhoffst, für ihn zu sein!"

Warum konnte er sie jetzt nicht anlügen? Das hätte sie für ihr Ego noch ein einziges Mal gebraucht.

„Was weißt du bitte über mich?"

„Sieh dich doch an, du lebst nur für Adam. Das reicht, um mir ein Bild über dich und dein Innerstes zu machen! Hör endlich auf, einen Kampf mit dir selbst zu führen."

Jetzt wurde definitiv alles gesagt und die Zeit ist gekommen, dieses Gespräch zu beenden. Stella steht auf und läuft zu ihrer Tasche. Sie reicht Samuel die Schlüssel.

„Sag' Adam, dass ich morgen mit einem Freund komme, um meine persönlichen Sachen abzuholen. Es wäre besser, wenn ich ihn nicht antreffen würde. Und …"

Für einen kurzen Moment überkommt sie ein starkes Schluchzen, welches ihr das Sprechen erschwert:

„Und kannst du mir bitte die Telefonnummer von den Leuten besorgen, die Max nehmen wollen?"

Samuels Augen füllen sich mit Wasser. Das ist eindeutig zu viel für ihn. Er umarmt sie.

„Das werde ich, pass' auf dich auf und alles Gute!"

Er dreht sich um und geht.

Adam sieht aus dem Fenster. Er trägt einen ernsten und traurigen Gesichtsausdruck. Er unterdrückt seine Tränen, doch eine findet dennoch ihren Weg nach draußen. Es fühlt sich grauenvoll an, doch er wird nicht zurückgehen. Es ist zu spät.

„In einer halben Stunde kommt Gery. Er holt Max ab und bringt ihn zu seinen neuen Besitzern. Die Leine und seine

Spielsachen sind in meinem Zimmer. Gib ihm Max einfach mit."

Nora sieht in traurig an. Sie hat Angst vor ihm.

„Wenn er da war, kannst du gehen. Das Büro bleibt heute geschlossen. Und, ähm, es tut mir leid." Warum er das gesagt hat, weiß er nicht, und Nora wird keine Möglichkeit haben, ihm das Erlebte zu verzeihen. Er verlässt die Büroräume. Er steigt in seinen Porsche. Er fährt los. Er gibt Vollgas. Eine Geschichte geht zu Ende und brilliert mit zwei Verlierern. Man trifft sich jedoch immer zweimal im Leben.

Stimmt. Stella, mittlerweile eigenständige Maklerin, staunte nicht schlecht, als sie in ihrer neuen Wohnung mit lauter Musik geweckt wurde.

„Ich wollte dich nur herzlich willkommen heißen, Frau Nachbarin!"

Joe, mittlerweile stolzer Besitzer eines Ingenieurtitels, begrüßt Stella herzlich.

„Als ich deinen Namen auf dem Türschild gelesen habe, wusste ich: Hier muss ich einziehen."

Stella lacht. Joe stellt ihr auch seine Freundin samt ungeborenem Kind vor. Wer hätte das gedacht? Einen besseren Nachbarn hätte sie sich definitiv nicht wünschen können.

Stellas tägliches Arbeitspensum erlaubt es ihr nicht wirklich, ein abwechslungsreiches Privatleben zu führen. Doch das ist in Ordnung. Ihre knapp gehaltene Freizeit füllen Martina und Graziano mit spannenden Geschichten aus dem Alltag aus, so verpasst sie nichts.

Ein weiterer anstrengender Arbeitstag liegt hinter ihr. Erschöpft betritt sie ihre Wohnung. Wie immer blinkt ihr Anrufbeantworter. „Eine wirklich doofe Erfindung! Ich sollte mir ernsthaft darüber Gedanken machen, dieses Ding auszuschalten!"

„Sie haben eine neue Nachricht." Martinas Stimme ertönt:

„Hey, Baby, Graziano und ich wollten dir nur gratulieren. Heute vor einem Jahr hast du nämlich die beste Entscheidung deines Lebens getroffen. Du hast Adam verlassen!"

Im Hintergrund hört man lautes Grölen und Brüllen. „Das müssen wir feiern!"

Was wäre ihr Leben doch langweilig ohne diese beiden zauberhaften Geschöpfe. Stella lächelt. „Eigentlich doch keine so blöde Idee, dieser Anrufbeantworter." Sie läuft an ihrem Fenster vorbei und blickt auf die verschneiten Straßen; nachdenklich sieht sie aus …

„Ach, und Stella, komm' ja nicht auf die Idee, in diesem Moment darüber nachzudenken, was er tut? Ich gebe dir die Antwort: Er sitzt einsam und frustriert in einem Café und buhlt um Aufmerksamkeit."

Stella sieht lachend ihren Anrufbeantworter an.

„Welch eine Bereicherung, Martina als Freundin zu haben!"

Sie läuft zum Kühlschrank, welcher nicht viel zu bieten hat. Enttäuscht schließt sie die Tür. Im Wohnzimmer angekommen, schaltet sie das Radio ein und legt sich auf ihre Couch.

„You, you are always on my mind! You, you're the one I'm living for …"

Wie lange hat sie dieses Lied nicht gehört? Zufall, dass es ausgerechnet jetzt läuft? Sie summt mit, wirkt mittlerweile schon etwas abwesend; dann steht sie entschlossen auf, greift zu ihren Autoschlüsseln, zieht ihren Mantel über und verlässt die Wohnung.

Sie hat kein Ziel, sie hat nur das plötzliche Bedürfnis, loszufahren – irgendwohin wird der Weg sie schon führen. Solche Momente dienen dazu, seinen Gedanken freien Lauf zu lassen, die grenzenlose Freiheit zu genießen und eins zu sein mit sich selbst. Sie dreht die Musik ganz laut auf und singt mit …

Und ***er*** macht dasselbe! Auch er hat kein Ziel, lässt sich einfach überraschen. Je näher sie sich kommen, umso lauter wird ihr Gesang, umso intensiver ihr Gefühl von Freiheit, Wohlfühlen, von der Vollkommenheit, doch nur einer wird dieses Gefühl für sich behalten können. Stella bemerkt das rasende Auto, welches ihr entgegenkommt. Sie weicht aus und bleibt stehen. Der Porsche überschlägt sich, mehrmals, bis zum Stillstand.

Sekunden, welche Ewigkeiten dauern, Herzrasen, panische Atmung. Stella klammert sich an ihrem Lenkrad fest. Schließlich steigt sie aus. Sie läuft, zuerst langsam, dann immer schneller. ***Er*** ist es. ***Er*** liegt nun eingeklemmt in seinem Wagen und ***sie*** steht vor ihm.

„Adam! Oh, mein Gott. Ich bin bei dir. Bitte halte durch!"

Sie wählt die Notrufnummer.

„Kommen Sie bitte zur A8, Höhe Dasing. Es handelt sich um einen Autounfall und einen Verletzten."

Während sie spricht, ist ihr Blick pausenlos auf ihn gerichtet. Adam ist bei Bewusstsein, scheint sich jedoch in einem Schockzustand zu befinden. Stella nimmt seine Hand, hält diese fest. Dann fühlt sie es. Langsam gleitet ihr Blick auf seine Hand. Sein Ringfinger ist mit einem diamantbesetzten Ehering bestückt. ***„Er ist verheiratet!!!"*** Sie berührt den Ring, blickt in Adams Augen und das erste Mal sieht sie ihn weinen.

Wie lange dieser Moment angedauert hat, weiß sie nicht. Der Rettungswagen ist mittlerweile eingetroffen. Stella zieht sich zurück. Ein Sanitäter kommt zu ihr.

„Entschuldigen Sie. Herr Brandt möchte, dass Sie ihn ins Krankenhaus begleiten."

Stella sieht ihn erstaunt an.

„Wird er durchkommen?“

Der Sanitäter nickt.

„Ja!“

Stella muss lächeln. Diese Frage hätte sie sich sparen können.

„Natürlich wird er durchkommen. Er ist eine Kämpfernatur!“

Sie lässt den verdutzten Sanitäter stehen, läuft zu Adam, sieht ihn ein letztes Mal an und flüstert: „Alles Gute, auch für Sie!“

Liebe,
Sie begegnet dir jeden Tag. Sie inspiriert dich, gibt dir Kraft und Energie, doch sie kann auch schmerzhaft sein, dir Leid zufügen und dich in einen einsamen und hilfslosen Zustand versetzen.
Wie auch immer sie durchlebt wird, die eine, große Liebe wird dich prägen, wo auch immer dein Weg dich hinführt!